少年文學家叢刊

常玉散文

青·春·筆·記

劉常玉

序

轉瞬間，筆下一個個小小的方塊，已經變成了篇篇讓我讀起來也不禁莞爾的文章。

從國小到國中，有開心、有悲傷、有憤怒、也有驚喜……這些學校和日常生活中的點點滴滴，由一個個小小的方塊文字串起，留了下來，成為日後翻看時難忘的回憶。

除了寫新詩，我也喜歡寫散文。新詩是短暫情緒的抒發，內容常常帶有韻感，讀起來讓人回味。散文卻不一樣：散文篇幅比較長，對於耐心不怎麼好的我來說，是一件有點困難的事。不過當情緒濃烈的時候，寫一首詩不解氣，為了避免新詩爆出筆記本，散文真是一個好的紓壓工具。

這麼多篇散文中，儲存了我各式各樣的記憶，如今看過去，幾乎每一篇都會讀到笑出來……讓我來說說幾篇文章的背後故事：

譬如《小米》和《石雕紳士》好了，這兩篇可不是初稿，是我憑記憶在事後寫下來的，初稿早在打字之間就被意外給毀了！話說，當時是參加電腦作文比賽，我和另一位同學兩台電腦共用一個電源線。不到三十分鐘，我已經將近完成四分之三的進度，正悠哉自得；當時，那位同學抓頭騷腦，苦思慢寫，竟一時緊張，一腳踢開了電源插頭。慘哉！我還沒存檔呢……這段背景故事，發生在國小時。每次看到這兩篇作品，都會有一種神祕的時光旅行感……對我來說，那會讓我想起那段可愛的國小時光。不知道對讀者來說，會有什麼感受？

還有《我的改編世界》。《神鵰俠侶》是我最愛的金庸小說，早就讀得滾瓜爛熟，因此還加以改編呢！只不過，這跟我全部改編故事的大千世界比起來，只算是滄海一粟呢！真的，熄燈後的午夜魔法時刻，就是任我恣意發揮的時間了。在那裡，我想當誰就能當誰，能夠隨意改變別人的命運——這種感覺真棒！

此外，金庸筆下的各篇故事我也喜愛。也因此，當我聽聞金庸爺爺仙逝時，才會如此難過。金庸爺爺，希望您還能繼續寫出動人大氣的故事

（:-P）——但是人物的走向如何，大概會是您無論如何也沒辦法掌握的吧，畢竟他們才是有生命的主角啊……

散文，是我用來跟大家分享自己和聊天的工具，希望大家都能像我一樣，有幾個管道去丟棄情緒、吸收新鮮空氣，用最熱忱的心去迎接美好的新世界！

目錄

小米

放學鐘聲響起，我用最快的速度收拾好書包，帶著愉快的心情以及輕快的腳步回家。像往常一樣，家裡的機器人已經幫我準備好了晚餐，正當我想要用餐時，機器人突然大叫：「主人，不好了啊！」嗯？它昏倒了。我只好將它放在客廳，自己去抓藥。

突然，我聽到它的聲音：「她去抓藥了，我們可以趁機下手。」又聽到另一個機器人的聲音說：「她爸媽在上冥王星前給她的那筆錢呢？」「在房間的牆壁裡。」「嗯，我們就先去房間偷錢，再去把她打昏，立刻就跑！」

我要氣瘋了，我向來待機器人很好，它竟如此待我！我立刻打電話報警，並錄音、錄影，使機器人們無可抵賴。

馬上，處理外星生物的星際警察趕到，將機器人逮捕入獄。

「我叫小米，是個機器人，今年十一歲。我的主人是一個小女孩，她的爸媽是第一批前往冥王星的乘客。太空公司為了獎賞他們，把我送給了他們，他們又把我送給了主人。主人對我很好，常給我吃機器人的糧食，錢。但是不夠，我每天挨餓，又不敢說，怕傷了主人的心。有一天，來了一個機器人，叫阿華，他說他懂我的苦衷。他還說，只要我偷到主人的錢，就可以遠走高飛，主人也就無能為力了。

我不想，可是不這樣，我會餓死的，我只好將我的良心收回來，與他策畫。

可是，主人很聰明，她發現後報了警，我們就被抓了。現在我的良心回來了，我對不起主人！」

我站在河邊，想著過往的一切。小米自殺了，用它的良心。雖然它罪有應得，但我心裡仍有無限的悵惘。

幾年後，我長大了，有了一份工作，也有了錢，可惜不能拿來餵小米；再過幾年，我已是公司的主管，有錢、有勢，可惜小米看不見；時光再流，我已經有了孩子、孫子，可惜不能和小米分享。

某天夜裡，我離開了，離開了這俗世，離開了這地球，到那未知的世界去，相信爸媽和小米，一定也在那裡等我。

石雕紳士

這裡寂靜無聲、萬籟俱寂。也許你幸運，能聽見一兩隻鳥兒停在樹梢間，輕輕地叫著，牠們不敢大聲，正如，牠們不敢停在石雕上一樣。

石雕紳士

在某國的某公園裡，有幾個石雕的紳士，它們穿著西裝、打著領帶，手上提著公事包，還撐著雨傘。它們面無表情、眼神空洞，但在這公園裡，卻有著和諧的氣氛。這公園也很特別：乾淨的地面、翠綠的樹，和午後陽光的溫和。

沒有人知道，它們是怎麼來的；也沒有人知道，它們為什麼要來這裡。

這裡寂靜無聲、萬籟俱寂。也許你幸運，能聽見一兩隻鳥兒停在樹梢間，輕輕地叫著，牠們不敢大聲，正如，牠們不敢停在石雕上一樣。

還記得那則古老的故事嗎？幾個擁有極大智慧的土星人，在很久以前，披上了衣服，來到人間。但隨著人性的發展，他們漸漸失望了，貪婪、仇恨慢慢充滿了人的內臟，他們想要回去，但他們回不去了，只好選了一個與世無爭的地方，靜靜地待著。

現在，已鮮少有人知道他們，但是公園裡的樹和鳥可都記得，因此，樹不敢掉葉、枯黃，鳥兒也不敢大聲，更不敢隨地小便，儘管，這座公園沒有管理員，也沒有遊客。

也許，石雕紳士們，怕天外飛來的一筆橫禍，讓人類文明顯出危機，它們撐傘，試想幫人們擋住。石雕紳士們，你們是誰，為何要如此護著人類？

靜靜的，石雕紳士們，還會再待很久、很久，但是，相信千年、萬年後，這裡，還會是一樣的乾淨、純潔，等待著哪個有緣人，來發現。

誠實

人的思想在腦，而是非的尺則在心，與其說是人在怕天，還不如說是我們的腦在怕我們的心！

誠實

誠實，對我來說是模糊的；誠實，對我來說是看不見、摸不著的；但誠實，對我來說也是正確的，是被封為金科玉律的。

小時候，不明白「誠實」和「坦然」，看到喜歡的東西就拿起來，考試不會就看別人的，但心裡總好像缺了一塊似的。長大後，已知道這樣叫偷竊、作弊，是不對的行為。其實，真正使我明白，為何要誠實的原因，是在坦然面對後的問心無愧。

常常，老師及父母的問話，答案是於我不利的，我可以選擇說謊，但也許是怕那個無所不知的「天」吧！我總會說實話。像是因為我「誠實可嘉」吧！之後的事總是不會受到譴責。

現在，我明白了，上天固然無所不知，但我真正怕的，是那個如明鏡般的心，正因我自己做的事，自己知道。有良心的人，會害怕自己所做的壞事，受到傳說中地獄、陰世等地的責罰。人的思想在腦，而是非的尺則在心，與其說是人在怕天，其實「人定勝天」這句話也不是我創的，還不如說是我們的腦在怕我們的心！

我不是一個不相信神及傳說的人，但只要看清，要誠實的原因，世上走入歧途的人自然減少。有因必有果，對於內心的監督而不怕，那位心中的神，也會保佑我們的。

從開始到現在，我對誠實又了解不少，相信我將八方離去的那天，一定也會為這唯一能帶走的東西感到高興。

我是小白龍

我是一匹馬，而且是一匹純白、俊俏的滇馬。我今年四歲，在雲南大理的沙溪古鎮載觀光客遊覽古鎮之美，這麼一成不變的生活，讓我感到厭煩，於是，我便會好好地注意遊客，嘗試著看透他們的心唷！

去年，也就是我三歲時，見到了一位不一樣的客人。我記得很清楚，那是七月二十七日的事了：約莫下午二點多時，一個跟隨旅行團來的家庭走了過來。他們家先生付錢給我主人，讓小女兒騎上了我。其實我每次看到大家付錢都很生氣，我們馬又不是可以用價錢在衡量的！小姐姐滿害羞的，她騎了我到處逛，我趁停下來的時候，偏了頭吃草，其實沒有放棄觀察她；到小河邊上，我們合照了一張，倒換我害羞了！離開時，我看到小姐姐眼眶好紅，戀戀不捨的承諾明年一定來看我，看來她回家後，都不會忘記我。

小姐姐一定會意念的魔法，因為她把我從古鎮帶回台灣，變成一隻百貨公司送的、本來就是羊的馬布偶。真可笑，小姐姐為了羊或馬，跟大家吵了好久（其實都是她在吵）呢！小姐姐姓劉，她不把我當玩具看（低人一等），她跟我是朋友關係（同等，對其他朋友——玩具，也是如此）！

小姐姐不僅了解我，也很公正！她對大家都一視同仁，即使一直叫某個玩具陪她寫功課，也毫不偏袒。她從不吝惜道歉，在抱走誰時會跟大家，及遊戲房的眾多朋友說：「對不起啦，姐姐對你們一視同仁。」我知道自己善妒，但我只是需要別人關懷啊！姐姐因此總是多疼我一點，累得她「對不起」也說了不少，因此我更喜歡她了。

這篇文章，大家可不要以為是姐姐寫的，它千真萬確出自一匹馬之蹄。小，年紀小也；白，余身之色也；而龍，乃有靈性之物也（文言文不好，還請見諒啊）。感謝主人和姐姐使我名副其實，「余才疏志大，望『小白龍』三字能夠天下皆知，而豎拇指道聲好！」

難忘老師——謝謝您

若說我小學六年的生活是一趟旅程，那麼邱老師是起點、凌老師是轉折點、陳老師則是結束的句點。而那些術科、學科的老師是路旁的小花和大樹，點綴我的生活。

邱老師把我從幼稚園接上小學的軌道，她的身影便是我在學校的依賴，她的話聲就是我一天的精神食糧，而她的怒氣也是鍛鍊智慧（她不是在罵我，我沒吵）的大大機會。謝謝您讓我順利「接軌」！

凌老師讓我從一個羞澀的小女孩，轉變成接近成熟的好學生。您是我的知己，親到我都把小名在最後一天寫信告訴您了！這份感激自是我在此刻想不出來能用什麼言語表達的。謝謝您大大的改變我！

陳老師也是一個我的知己。您在五下和這學期（六上）給我許多機會，有：朗讀及作文比賽、歡送六年級主持人、中午的小主播和班書的簡報演講。謝謝您讓我表現，證明了我的能力，您是我的伯樂！

在小學旅程中，有好多老師教我做人的道理，有許多師長告訴我看人生的姿勢。想到這裡，我不禁熱淚盈眶。也有很多相處時間短暫、現在也可能不認得我了的老師，例如曾老師、Jason老師、秦老師……等。還有一群讓我一樣感激的老師：低年級的舞蹈老師、英文老師、幼稚園陶土老師、陳老師。謝謝您們陪我走過一程！

有些老師教誨的日子過去的久了，漸漸忘記許多事，只記得她罵人，但我很喜歡她，是什麼原因也說不出來。因為有您們，我才能有今天，六年了，當我離開的那一天，希望您們也能含著淚水，說著祝福，成為我對以後未來世界的後盾，讓我想著從前的幸福畢業、上路，披荊斬棘，邁向康莊大道。謝謝全校老師的教導，大恩不言謝，我愛您！

我的特點感慨

每個人都有自己的特長，也有缺點。但可以像畢卡索「化腐朽為神奇」一樣，也可以如「每個人都是只有一隻翅膀的天使，必須擁抱才能飛翔」一般，截長補短。

我閱讀了刊登在國語日報一位國三女學生的作文，寫到對自己不如人的感慨，雖然最終有了開明的想法，但仍不滿意自己的容貌。不滿意自己的容貌，這也是全天下女人的心病啊！其實螢幕上明星大都是整型過的，她們為了賺錢，辛苦的打拚，可不是一般單純的青少女可以想像的呢！

俗世中的眾生皆會為皮囊色相而生心魔，這是無可避免的。但追求「最」美的容貌和「最」好的身材，有如水中撈月，看得見摸不著。苦海無邊，回頭是岸，何必管那臭皮囊？只是也不必遠離紅塵，否則無慧根之人，終日與青燈古佛相伴，因枯燥而生事，畢竟只是出於意氣罷了，甚為可笑也。

謝謝你「名言佳句」

❖ 愛因斯坦曾說：「想像力的力量比知識更巨大。」真的很對，我從小讀各種類型的書，但晚上睡前編故事的習慣卻總是改不掉。

❖ 也因此，我老是被一些怪力亂神的訊息所吸引，晚上睡不著覺。自從我開始到玫瑰樓上社會課，心卻平靜了許多，因為我看到女廁牆上有一句話：「許多煩惱是自己想出來的，其實並不存在。」

◆

這天，我上了另一間廁所，牆上的話又讓我更加堅定：「樹的方向，由風決定；人的方向，自己決定。」風吹樹，使樹葉搖晃甚至傾倒，可我又不是樹，為何要把人生交與別人？他人只能提供意見，不能控制你。你不想當個木偶吧！

◆

我很早就認識了一句話：「微笑是全世界共通的語言。」我常為未來憂心，整天愁眉苦臉，不發一語，但那是過去式了。現在的我，依然安靜，卻會和同學互動，也快樂多了，推本溯源，這句話是大功臣。

◆有一款貼圖，有知名人物的Q版大頭照及有聲名言，我很想擁有，卻因使用條款而無法下載。於是，我不僅把內容寫在紙上，也記在心裡。裡面，大家最為耳熟能詳的是愛迪生的：「天才就是百分之九十九的努力和百分之一的天分」吧！天才、地才、人才、鬼才、奇才中，天才是聰明；地才是努力；人才是一點小聰明和努力；鬼才是令人驚奇萬分又捉摸不定其善與惡；奇才也是如此，但大多性情外冷內熱，奇葩的人生令許多小人嫉妒，便故意為難，當事人涵養卻很好，不會在意。

◆我不敢自比奇才，但表面看來孤僻的性格，和令人莫測高深的感覺卻沾得上一點邊。名言佳句使我在被他人說壞話時，心靈不受內傷；也謝謝這些從未謀面的古人朋友，給我溫暖，陪伴我左右。

小輕鬆話

大家都一起快樂是不可能的，只有你先快樂，再散發它的種子，讓大家一起快樂，才是助人的真諦。

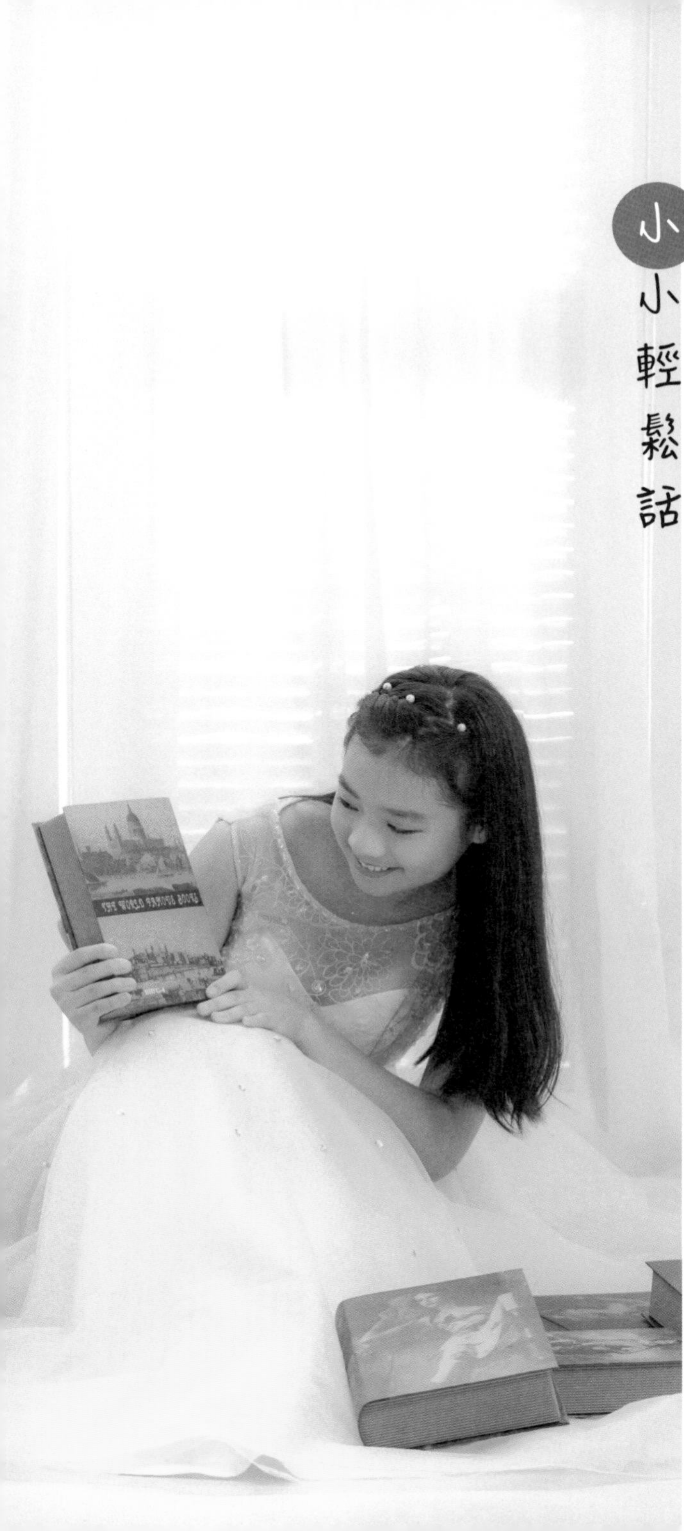

小小輕鬆話

關於領悟　當你生氣而要淨化心靈時，感覺是很痛苦的，好像很排斥那安慰你的聲音之類的東西，但情緒卻一點一滴地消失了，剛才讓你難過的事都沒什麼。

每個人都很特別

從小到大，我聽說了耶穌的許多事蹟，雖然祂在故事中很偉大，但我覺得，祂應該是很愛小孩的，如果我見到祂，也許就像在和朋友說話一樣，令人感動卻又自在。關於耶穌，祂顯現的事蹟，是想讓人們相信天主，但我還不懂，教義的偉大。也許更適合我的，是與祂一起探討人生的意義吧。我最近常覺得就算人生多有錢、多幸福，死後，卻什麼也帶不走，那還要這些，有何意義？我沒見過耶穌，也有點遺憾。但耶穌的故事讓我知道，每個人都很特別；在世時的幸福快樂，在過世後，一定會將他帶往天國的。而繽紛且多采多姿的人生，一定也少不了耶穌對我們的鼓勵。我想通了：耶穌不在別的地方，祂一直都在我們心靈深處的地方，永遠的，保佑人們。

助人不一定助己

社會大眾皆是一體，要互相合作，除非離開塵網，否則很難脫身。這個道理雖然對，於某些人卻不大合用。比如在班上，有時，全班會被罰站大約三分鐘。這時，我們就得反省自己為什麼讓老師教得那麼的辛苦。一席話中，話匣子大開的同學們厚臉皮的承受了下來，一點也不在意。但我常常會被「重傷」，不是想哭就是一口氣不順暢，偏偏我又是最安靜的一個。因此，我反對助人是助己的觀點是從同學的角度來看：他們叫鬧而我安靜；他們不在乎而我受傷，如何能把臉皮厚得心安理得？這樣沒有心安理得的一體承受，也算是互相合作嗎？這樣的助人，不實在！大家都一起快樂是不可能的，只有你先快樂，再散發它的種子，讓大家一起快樂，才是助人的真諦。真心反省、心安理得的收穫，才是真助人、真快樂！

歲末出清，眼淚跳樓大拍賣@價格：一件往事／一升淚水 不管如何還是思索甚多，回顧往事，多少眷戀、多少情緒激盪，一年後過了，多少已成為回憶。多少希望重來，多少抉擇成熟得多，又有多少想死死留住，不要到下個開始。新的一年固好，舊的也不會丟掉，只要想，它永遠正在發生，永遠在歡笑。只不過歲末出清，一提起，還是盡了多情人的義務。#依然開心#那些事那些人#又一個感嘆迎向未來吧！情緒也沒了。

隨機應變 生活中，有各種各樣大大小小的事，其中，難免會有不順心的情況。遇到這類事，總不可能一味逃避吧！就好比天氣，有晴也有雨，有豔陽天也有陰天，就算它會妨礙你的心情，也不能叫老天永遠放晴。農夫種稻，不只需要晴天耕作，也需要雨天，因為如果一直不出太陽，稻苗也被烤乾了。颱風在每年夏、秋兩季來襲最多，一過境，便是招牌掉落、樓房倒塌（這當然是比較嚴重的狀況了），淹水、土石流等天災層出不窮，處處民不聊生。但若一整年都沒有颱風，夏天、秋天乾得要命，恐怕中暑的機率又要大大提升，更別提樹木花草和動物的慘狀了。防備、隨機應變、改進，這才是生活中最佳的道理。有了防災包，就不怕急難；有了細心，就不怕犯錯；有了心理建設，就不會怕外在環境的刺激。考試考不好，加油，努力唸書，下次考更好。出去度假，碰到雨天，哎呀，忘了看氣象預報，下次要記得看，欣賞雨景也有種朦朧、沉澱心情的美。

計較

我從來不認為自己是什麼了不起的人物，但起碼懂得一些與人相處之道，還自認有點心得，沒想到套用在別人身上，卻十分地不適用。

很多誤會引發的情緒，很多玩笑挑起的舊帳，它們漸漸教我有些話雖然是自己的肺腑之言，別無他意，別人聽起來卻另有一種意思，讓你百口莫辯。聽過越來越多愚蠢的事，我不得不接受，世人並不是皆性情溫和、心靈充實的。世人是世俗的，就算有些人嚴以律己，寬以待人，也不是大家都能如此。就算公認比較好的人，也有讓我不滿的一面。但「高處不勝寒」，看一般人，自然會覺得他們很沒程度，就算如此，也只得接受。

沒有十全十美的人，所以如果你看到別人的某一面不及你，他也可能有很多面值得你尊敬、學習。要學會包容，因為自己也需要學習，不能嘲笑他人的缺點。反之，當你看到他人的缺點時，想想他的優點吧，這樣可以避免多少的無數傷心爭執啊！

人是分子組成的，任何事物皆是如此，沒有永遠不散這種事。珍惜、包容，也許就是這兩個詞吧，看看窗外白雲藍天，一切如此美好，一切如此美麗，自己不是救世主，但在某些人眼中你是最重要的！何苦，和不懂你的人計較呢？

我的改編世界

燈熄了，這代表了一天的結束；也代表著，改編世界的開始。

《神鵰俠侶》中的楊過，是個慷慨豪俠，重情重義的人。他守著雪地沉睡的洪七公三天三夜，苦候小龍女十六年，讓黃蓉佩服道：「小則小郭襄，老則老頑童，人人都為他（楊過）傾倒。」

午夜的魔法時刻來臨，我也以旁觀者的角度，走進了那宋末元初的時代……

我的改編從故事的結尾開始……郭襄走進了一片樹林，她一直找不到大哥哥楊過，正苦惱間，只聽一個女子的聲音說：「小妹子，你在做什麼呢？」郭襄回頭，喜叫：「梁姊姊！」

這位「梁姊姊！」在書中是沒有的，她是我在改編中加進的一個人物，也算是我在「白日夢」裡的分身，她叫梁曉鳳。

梁曉鳳是郭靖、楊康父親拜把兄弟的女兒，雖年紀輕，卻和楊過的伯伯郭靖是同輩。她生性豁達大度，不拘小節，因此雖叫郭靖「大哥」，卻也叫楊過「楊大哥」。

只聽她對郭襄（郭靖之女）說：「小妹子，我帶你去找楊大哥。」

「真的嗎？好，那我們走吧！」

這件事的後續發展是：她們來到了一座城，故意將當地一件官場腐敗、欺壓良民的祕事傳了出去，引來楊過與小龍女排解，趁機出現相敘。後來，他們在襄陽再次慶祝郭襄生日，完成了「等她二十歲再來祝賀」的諾言。

生活中的一切，我都可以改編，將它弄得天馬行空，且只要合我的意，死了的人能復生，不相關的人可以成為好友，彼此共患難。

改編世界的美好，是虛幻且妙趣橫生的，哪一天有空，你也來改編吧……啊，楊過又來叫我了，我再不過去，他又要怪我了……嘿，我來了！我們上次講到你……

一份漢堡全餐

各位聽眾朋友大家好，歡迎來到常玉的探索廚房，今天你心情如何？匆忙嗎？是不是渴望享受一頓豐盛的午餐？像我這樣年紀的人，最喜歡的食物無非是漢堡、薯條、雞塊，今天我們節目的來賓要介紹的就是這幾種食品，但是當他分享自己奇特的經驗時，大家可能會嚇一跳喔！現在有請節目來賓，擁有五十年廚藝的美食家「小嫩雞」……

（小嫩雞）　主持人好，各位聽眾朋友大家好，聽我的聲音這麼稚嫩，因為我是天山童姥的弟子，練了「天長地久不老常春功」，所以童顏鶴髮、聲音也是童音。我今天要講的是一件親自經歷的事，這種等同於震撼教育的體驗，無論是誰都不會想再有第二次。

啊？我聽說你向來以膽大當招牌，去年六月還以觀摩為名，潛入敵營，成功揭發想賄賂評審、混水摸魚過關的美食選拔賽參賽者。怎麼會害怕？

（小嫩雞）　主持人你有所不知，要是你知道我報告的內容，說不定你會發抖哩！

好，多說無益，咱們便來聽聽小嫩雞女士的報告吧！

（小嫩雞）　我點了一份漢堡全餐，結果不僅吃了兩天才吃完，還拉肚子、跑醫院。因為裡面的成分有——

漢堡的成分是：豬腸子加上餵魚吐司的碎屑做成的麵包、雞的嘔吐物和牠的頭冠磨碎而成的漢堡肉、荷花配上老鼠肉醬的青菜、蓮子與蛋殼佐成的番茄，以及椰子葉加入黃色色素並揉成團的荷包蛋。

玉米濃湯的材料有固體的奶油、麵粉、玉米和火腿，分別是豬奶加人奶、痱子粉和樹脂、貨真價實的玉米以及「百肉火腿」——人肉、羊肉、狗肉和一堆不知是什麼的肉。還有液體的水和牛奶，水是給動物喝的水，而牛奶，跟火腿一樣，是各種奶混合而成的「百奶牛乳」。

巧克力蛋糕是由發霉又長青苔的巧克力、痱子粉混樹脂、加「百奶牛乳」做成的鮮奶油，以及白雪公主的毒蘋果加奧羅拉的紡錘線、美人魚的藥水以及茉莉飛毯的流蘇，加入紅色色素的果醬。

令人垂涎三尺、食指大動的薯條這次可一點也不吸引人了，而且，裡面的成分一聽就不會想吃：它含有百分之四十的馬鈴薯，發霉並且透著銅臭，百分之十的黑胡椒、辣椒，其中黑胡椒占百分之四十，辣椒占百分之六十。還有百分之二十的洋蔥、青椒、黃椒、羅勒和薑。甚至還有百分之三十的貓肉！的確是，那是「笑臉貓」肉！也不知老闆是怎樣弄到《愛麗絲夢遊仙境》中的笑臉貓的肉。

哎呀，好噁心啊！

（小嫩雞）耶，還有呢！

沙拉可是全餐中最正常的菜，它是綜合沙拉，也就是說，有番茄、青菜、玉米、紫甘藍、苜蓿芽以及凱撒醬。番茄、青菜、玉米的成分已經解釋過了，紫甘藍是自然課會用到的石蕊試紙和紅鳳菜的葉子，及新研發的紫色ＢＴＢ做成的，苜蓿芽的食材是蓮蓬做的，最正常的是凱撒醬，只加了野莓醬而已。

吃到這裡我已經飽了，還是看了接下來的菜，各位朋友，如果你正在吃飯，請務必關掉節目或停止吃，因為太—噁—心—了。

奶茶成分：奶茶是由牛奶、水和茶沖泡而成的，全餐裡的茶是酥油茶，本來它不怎麼討厭，但和「百奶牛乳」，以及水和茶混合起來，能好喝到哪裡去?!

那家店是一間很大的房子，所以我才進去買食物，本來以為食物那麼多是因為有獨特的調味料的原因。沒想到……它有個很大的陰謀，那就是——它外觀看起來很大、很整潔，事實上很小、很骯髒，那都是「虛．擬．實．境」搞的鬼。店主人是個黑心的商人，他藉由這項最新科技「虛擬實境」，騙了大家的眼睛。

這種店在我們周圍到處可見，那就是「自己」。人，表面堂皇、暗地裡虛偽，而，我吃的超大份食物，就是「欲望」，它控制了人，使我們

「總為浮雲能蔽日」。

自主生活的最好方法，就是不躲避自己不好的一面，重新檢視、改進。相信很快就可以換回浪漫、精緻的小菜。

哎喲！早知道就把節目時間改成下午三點，這樣噁心的食物可是會讓我頭痛的！不過小嫩雞女士，你把結尾比喻成人要學習的地方，非常值得省思！

（小嫩雞）　必須得這樣！不然這篇報告就是新聞稿了。但這也是我在寫時想到的，可以勉勵大家。但又怕太嚴肅，破壞了我們節目的詼諧搞笑，因此加了「總為浮雲能蔽日」，幽默而不失意旨。

噢！原來小嫩雞女士不僅分享經驗，也給我們生活智慧，真是太感謝了！今天的節目就到這兒結束，謝謝小嫩雞女士。我們下次見囉，掰掰！

（小嫩雞） 謝謝主持人，再見！

給和平的一封信

親愛的和平：

現在的你，我還真沒有見過。小時候的無憂無慮我早已忘記，從上小學至此刻，幾乎都在考試、比賽，課業壓力愈來愈重，整天充斥著火藥味。我心想，以後的國、高中、大學，甚至到了職場，都免不了較量。大家開開心心的那一天，何時到來？現在的生活，何時解脫？

以前的你，我早已耳熟能詳：漢光武、民國初年都是。但往往得了你，一下子又像玩皮球似的，一溜煙跑掉了。你可以無所不在，卻讓大家捉摸不定；也能似乎沒半點影子，又忽然降臨。在西方世界裡，也有這許多例子。

德國，一個發動世界大戰的國家，在戰爭裡遭到慘痛報應，之後，在大家的幫助下站了起來；法國，經歷了大革命，卻好好的存在至今；還有葡萄牙和西班牙，幾百年前在海上稱霸、互相競爭，但現在已過風起雲湧的盛期。這些歐洲國家有的靜默無名，有的被恐怖組織侵害。但，戰爭和紛擾不會永遠存在的，就算一波未平一波又起（這也是無法改變的現象），我們或許也只能利用「永遠沒有絕對的公正」的道理，偏袒敵對雙方的某一方，達到止戰的目的。因每人偏好的國家不同，會有一些摩擦，這也是沒辦法的事。

不僅是人類，動物也是，為了生存與權力領域的占有，經常上演格鬥復仇占領等行為。人類也是，有些是短期且少量的搏鬥，像江湖武林人在華山論劍彼此較量等；有些是長期且多量的廝殺，如改朝換代前的生死存亡血戰等。人是猩猩演化而來的，猩猩具有較高智力了，卻常常出現族群間暴力欺凌的情況；人類已經進化具有高等智力，但不要忘記我們仍和動物是一家的，看看猩猩的行為，想想人類自己，人類千萬不可把戰爭與爭勝作為目的，泯滅人情，「大義滅親」啊，把正義變成了染血的劊子手。

和平，你要讓人人心中都有彼此，愛你！有了你，世界才能有短時間的太平。「但願人長久，千里共嬋娟」。

祝

人人敬畏

劉常玉　敬上

二〇一六年九月十一日

雨後自有彩虹

生物滅絕後，才有大量繁衍；事情解決後，才有甜美果實；辛苦工作後，才有加薪升遷；雨過後，才有美麗的彩虹。人生注定不會平坦，真正成功的人是在坎坷上，走出路的平坦。就如遇到了難過的事、難為的事，那剎那彷彿天長地久，永遠也不會過完，真想找個洞讓自己鑽進去。洞，是有的，但只是讓你暫時休息，調整好高度、角度，再重新出發。也許畫畫、也許寫詩、也許找人傾訴，也許放聲大哭，那都是一種抒發方式，讓你能用和以前一樣自信的態度，去面對新的挑戰。

大至親人過世，小至摔壞一個精緻的瓷杯；長至一整年都被嘲笑，短至解錯一道題目羞惱的時間，只要它們使你心中不愉快，那就是個挑戰。

你怎能容忍被它打敗？你怎可當它的手下敗將？你能看著它在面前耀武揚威嗎？你願意讓它毀掉你的好心情嗎？

跳脫，立定，重新出發。當你看到長滿紅楓銀杏的路時，一個里程碑已在你身後，而標示著成長的康莊大道，必將不遠。

回憶鐘錶行——鐘錶匠

我彷彿一個精巧的鐘，時光是喀喀轉動的齒輪，上面的每一齒都是一年，它不停地運作，製造生命燦爛的花朵，創造新的每一刻，也絞下一片片破碎的回憶。

在那支離的時光碎片中，曾有歡樂且無數的童年，有簡明卻道理深奧的書籍，有快樂且情誼深長的國小生活，更有改變我生命的每一個大小事。但我將注定遺忘，只留下它們對我的影響。也許在某個深夜，我會對它們感到愧疚；也許在那個深夜，我會想到它們——可惜我想不起它們的名字。

每個人都是一個鐘，有大的、也有小的；有精緻的、也有粗疏的。但不管如何，齒輪一定會停，鐘一定會壞，一定有一天，再也沒有人知道你的名字，世上只會留存著你對他們的影響。這是一個循環嗎？能夠因此不要努力嗎？

消逝的回憶不會死，它存在你的心中，持續發酵，讓你享受甜美的果實。生命也是這般。也許有很多人、事，你與他擦身而過，或他的生命只占你生命的百分之一，只要你知道，記得，甚至只是享受他對你的影響、貢獻，他也不會死。真的，生命是永恆長存的，我相信，當你謝謝電燈時，愛迪生正在對你微笑；當你對空稱謝時，「所有」都會對你眨眼睛，一閃閃地，便如星星。

樸實的愛

上週六，我回母校參加園遊會。當我來到幼稚園設的攤位前時，看到很多老師都站在前面吆喝，與學生合照，只有一個老師蹲在最不起眼的角落整理禮品，她，就是我的幼稚園老師，陳玟伶老師。

記得我剛上幼稚園時，正值最彷徨的時候，是陳老師照顧我，讓我不會害怕。我吃飯向來特別慢，但陳老師從來不會催我。在其他同學去刷牙時，她就在我旁邊拖地，一面拖一面和我聊天，告訴我慢慢來，聊著聊著，很快就吃完了。第三天上學時，我哭了，想回家，陳老師牽著我走，安慰我，儘管只是幾張衛生紙，卻讓我安下了心。

要上小學時，聽說飯一定要盛得滿滿的，我不禁害怕，但因為有陳老師，我不擔心，因為一定會有人肯等我，等我吃完。直到六年級，我每年都會送她一份生日禮物，並且常常特地在放學後去看她。也許見得到，也許見不到，可能陳老師又去忙了。但只要見到了，她一定會暫時放下手邊工作，問我：「最近還好嗎？會不會壓力很大？」我總是笑著說沒有的事，好得很，然後看見她又轉身去做手邊的活兒。

這次，也是這樣，她驚喜的站起身，問我：「還好吧？升上了國中有沒有覺得壓力很大？」我還是笑說適應得很好，又目送她再次蹲下。七年了，我長大了，老師年紀也大了，但她仍是如此樸實，為了大家而付出，無怨無悔。就算她不會給我驚喜或花很長的時間陪早已畢業的我，但是陳老師：你照顧我、安慰我，關心隱在不言中，近十年，始終如一。

現在我升上了國中，吃飯可快可慢，悠閒自在，表現得十分平穩。這週六回母校，想到當時走過從幼稚園通到國小的天橋，因為有陳老師的呵護與溫情而走得安穩。如今走下了天橋，走出彩虹門，邁向國中，回首凝望，似乎看見陳老師的身影，仍親切的朝我揮著手……

從陌生出發

微風輕輕的吹，陽光和煦，其實，國中也是一個不一樣的人生體驗，歷練我的心志，考驗我的適應度。我總會在這裡，活出一樣美麗的生命之花！

從陌生出發

在舉步邁向國中的那一刻，往事以一種從未有過的清晰掠過我心頭。瞬間，我感到無比的懷念……

還記得國小六年，從未分班，我們一同嬉戲、一同學習、一同被罵、一同陶醉在管弦樂裡。大家彼此熟悉，摩擦在所難免，但也因此，感情特別深厚。在畢業典禮後，同學、家長一一離開，從此便各奔東西，將回憶也帶走了……

望著曾匆匆瞥過無數次的國中大門，心中感受，千變萬化。當幼小的我仰望國小時，可曾想過，我會再次離開；而仰望另一所學校時，可曾想過，我會過著和以前完全不同的生活嗎？我想，我也從未想到，有一天我會在午休時，偷偷擦拭著思念的淚水。上了國中，我進了知識殿堂，但日復一日的作息，竟陌生的讓我彷徨。

是的，我早已適應，適應了班上只有我一個這樣細膩的學生，適應了與他們相處的方法，而且也相當的如魚得水。但回憶不曾被抹滅，那段在學習之路上最美好的日子，將長存在我的筆記中、腦海中和心中。

鐘響，我走向教室，書包雖是沉重的，我的心卻是輕盈的。不管在哪裡，是國中還是國小，環境是競爭的還是溫暖的，我都能接受。登樓遠眺，還是看得見國小。

微風輕輕的吹，陽光和煦，其實，國中也是一個不一樣的人生體驗，歷練我的心志，考驗我的適應度。「看開點！我總會在這裡，活出一樣美麗的生命之花！」在教室門口，我這樣想著。

教室

每天，教室的裡裡外外，都蘊含了各種聲音。對於下課甚少出教室門的我來說，教室中的形形色色，吵鬧安靜，都是我調劑心靈的觀察。

下課，頑皮的同學們打打鬧鬧，大聲聊天嬉笑。談談電動，講講八卦，評評生活，在忙碌學習後投注了活潑熱情的青春活力。上課時又不同。講台上老師的諄諄教誨，同學們「沙沙」地一刻不停埋頭寫筆記，一方面感動於老師的用心教導，一方面又覺得要寫下的太多，所以低聲的聊天總是停不了。而這時，就會傳出老師微慍的訓話，同學低下頭認錯。還有考試時，教室瀰漫著一股緊張的氣氛，一片寂靜之中，偶爾傳來啾啾鳥鳴，唧唧蟲叫，轟轟雷聲，似乎也鑽不進教室裡，依然是那份沉寂。那大概是教室中，最安靜的時刻了吧。

病魔突然的到來，也像是給教室吵鬧的學生們一記重槌。無論是A流、B流，教室內都是一片慘景。許多空著的位子，只留下一些同學在上課。不正常的氛圍，使得大家噤若寒蟬，連安靜，似也靜得古怪。幾天後，教室便空盪盪的。周遭班級奇怪著，「啊，停課！」這樣的教室，這樣靜默的教室，這樣悲傷的教室，沒有聲音，沒有恐怖的尖叫，沒有大聲的聊天，也沒有互相追逐嬉鬧而引起的大笑……沒有聲音的教室，不好。

每日、每月、每個早晨、每個黃昏，這麼多教室中的形形色色，吵鬧安靜，都是我調劑心靈的觀察對象。它們帶給我的感受是美好的，是熱鬧的；是調皮卻天真的，是吵鬧卻歡樂的。我喜歡聽教室裡的聲音，它們不僅豐富了我的感受，更豐富了我的生活。

杏壇外傳

罰站

唉，今天又被罰站了。

罰站似乎是老師們共通的技藝，一吵鬧——罰站，讓學生安靜聽訓或閉目反省一會兒。

立意雖是好的，但真正「反省」到的，卻不是應該省思的人。罰站，若是全班「同站」，被「罰」到的多半是沒有做錯事的人。譬如我這種「極度易碎玻璃」和「很純真」的人，如果在過去，還不熟悉時，就會非常受傷，一整天心情低落，反倒是替該反省的人「反省」了。這可不是說一句「沒有講話的人很抱歉」就能釋懷的了。

幸好這種易碎玻璃早已不常見了，見到的只有千錘百鍊。但是我在和大家一起被罰站時，還是難免心中嘀咕幾句，可千萬不要變成「李代桃僵」啊！

若是單獨罰幾個犯錯的人，固然不會「枉殺無辜」，但是就和全班同站一樣，他們不會真的乖乖反省（大部分的人，也就是故意搗蛋的），那要他們罰站又有什麼用呢？腳是很痠的。

可是不罰站，就不會知道錯了的嚴重性，至少有被罰，就有改過反省的一點機會。或許，該換些新式刑罰，而且要常常更換？這真是一件理不清的亂事。

不過話說回來，這也算是一種傳承吧。哪怕有一天真改了，改刑罰後的老師也一定會叫起屈來——不公平啊！

◆ 口誤

上課時，是不是偶爾會遇到這種狀況：忽然想到老師講錯了什麼地方，或是對課文有不同的想法呢？

也許很多人根本覺察不出來，或是一想到，就覺得一定是自己想錯、記錯了。

事實上，每個人都有可能在自己事業的領域講錯（一時口誤），搞不好他根本沒有注意到他想法的盲點，你提出問題，正好可以互相討論。學生的義務除了認真聽講、努力學習外，還有勇於創新提出想法的責任，這樣我們的學習成果才會更好，才會培養更多有想法的人才。

有時候我們只顧著背解釋、分字學習、死背公式，完全忘記瞧瞧文字之美、領略學習的神奇和作者的言外之意。這樣就算學字、算術很熟，就是精熟、專業嗎？

所以，在閱讀學習上如果有什麼特別的意見，我會講出來，抑或是寫下來，在心底為這個小想法而竊喜著……這也算是一種幸福吧。

歸屬感

在一個地方，與一些人待得久了，自然而然便會生出歸屬感，不管他們曾經多麼讓你失望。

一起經歷的悲喜，始終是無常的：很可能昨天才憤怒於誰的犯錯，今天又因為難得團結一致的氣氛而溫暖和感動，但或許明天卻聽到了什麼波濤洶湧而無奈惆悵，但接著又發生了什麼騷亂而哭笑不得，還笑到痙攣……得知所謂「屁孩行徑」，會無言地搖頭笑笑；贏了獎、做了露臉的事，會迫不及待地想讓大家知道；風波驟來時，會小心翼翼不願意貽笑大方……

就連如今我要說這叫「死要臉、記性差、內心情緒太豐富」時，也是心中禁不住搖頭微笑著說的。歸屬感就是這樣，畢竟一段緣分，是多麼奇妙的事情！

雖然我外表幾乎是「冷面人、沒情緒」，但內心說「天天海嘯、潮汐漲落」也不為過。歸屬感是件我心甘情願接受的無可奈何，不論將來會發生多少事，這種歸屬感始終是我心中的樂土，一小塊甜蜜的負荷。

我愛溫文儒雅

溫文儒雅，這個詞我很喜愛，只因為它不僅是我最好的寫照，也是我願意去奉行的準則。

外表上的我，看起來是很溫和的，不論外界發生什麼事，我似乎都不會發怒、發火，如一池平靜似鏡子般的湖水。我一向文靜，講話從不會大聲；這是表面上的我，但真實的我，更有趣，更複雜。我是個好的傾聽者，別人的情緒，我接著；別人的困境，我幫忙。但我並不是不會有情緒，只是我會去思考，跳出圈子，觀看問題之所在，不貿然發怒。這是我的涵養、我的修為、我的儒雅。就如一池湖水，水下的波濤洶湧只自知，旁人看到的，只是它的優美平和。

當我迷惘時，我便用心感受這四個字，體悟它帶給我的：塵世的喧囂，大可不必理會；世俗人們的斤斤計較、爾虞我詐，也大可跳過。雖然有時，我會感到孤獨，但「儒雅」這兩字告訴我，世間一花一草皆有其美，皆可以做我的朋友，大家都喜歡傾聽的人，文靜並不等於沒有主見，或是對人害羞。若我強迫自己大聲說話，大聲叫喊，不僅失去了個人的特色，更會痛苦不堪。「溫文儒雅」是我最好的寫照，和它相伴，我是快樂的，我是自在的。而今，我正走在軌道上……

我愛溫文儒雅。

音樂表演側記

我是弦樂團團員，經常到各地做音樂表演交流。

音樂表演側記

我是弦樂團的團員，經常到各地做音樂表演交流，到台東和偏鄉原住民國中生音樂交流，到基隆和香港弦樂團ＰＫ，格外有趣。其間的收穫，經常不止於音樂上的……

還沒見到新生、賓茂國中及公東高工的這些同學及他們的表演前，我不知道偏鄉的孩子是多麼努力，並熱愛著他們的故鄉。

在彩排時，我就已為他們認真的態度而感動。尤其是賓茂國中的VASA東排灣傳統樂舞團，他們穿著傳統服飾，唱著古老的民謠，其中「新娘的嫁衣」一曲令我印象深刻，母親為女兒穿上嫁衣，依依不捨的情感，描繪得淋漓盡致。新生國中管樂團還表演流行歌曲TT，賓茂國中的四位女生和我們團裡的兩位女生一起在台前跳舞，台北與台東相處融洽呵！

我們去了小野柳、水往上流、都蘭糖廠……等地。當我們解破水往上流的祕密時，彷彿贏了一場與大自然的比賽。在都蘭糖廠看那些史前博物館展示的漂流木藝術；在藝術村吃著獨特的黑糖檸檬冰棒，我體會出了台東之美。

伯朗大道的藍天白雲，黃花綠樹，偶有一棵翠綠茂盛的大樹立在油菜花搖曳的水旱田之間。我們騎著車、吹著涼風，快門一下下地按，真正愛上了這塊土地。

當我們坐在回程的普悠瑪上，眼看草地漸漸變成高樓大廈，漆黑的夜空變得燈火通明，一下子還不大能習慣城市匆忙的步調。感謝台東給我一塊在不間斷的忙碌了一個學期之後，總算擁有的淨土。

入夜後，台北的夜，夢裡，公東和賓茂的歌和新生的曲音猶在耳，美麗而成功的合作後，我再次期待著……

七月十四日，我們弦樂團參加了由香港和台灣交流的音樂節。我十分期待……

一早，我們出發前往基隆，上午彩排，下午表演，晚上則是香港幾個學校表演，以及全部參加學校大合奏。這一路上風塵僕僕，到了表演場地基隆文化中心，立刻要排練，急忙開琴，練完後在演藝廳外地上坐下，吃起便當。中午，耀眼奪目的陽光從碧波閃耀的基隆港穿透大片玻璃，射向穿著長袖長褲的我們。又熱又累，沒想到便當竟出奇的美味，暖了我們的心，讓我們能全力以赴，用最佳的狀態去表演。下午坐在舞台上，悠揚的樂聲自我們手中的琴與弓響起，沉浸在音樂和那音符中，觀眾熱烈的掌聲肯定了我們，剎那間我好感動。

音樂節圓滿結束！當我走出會場，漫步在基隆港邊街上，腦中、心中仍有合奏的佛羅倫斯，我們的廟埕的樂聲在縈繞不已。一切竟是如此地簡單！不用聊天廝混，用提琴樂音交流。老師的指揮棒，首席的琴弓，一首首動人樂曲，其中的用心，大家都聽得到。

這是那麼難忘的一天，以致於晚上九點半的疲累，一點也沒有感受到。如此盛大，如此細微，如此精緻，如此單純，回想著上台表演那時間，腦海中的樂音在微笑。

音樂比賽

寒冷的冬天結束，蝶舞花開的春天時節，是我們到宜蘭參加學生音樂總決賽的日子。

為了這一天，我們準備了好久……從寒訓開始，日復一日地努力練習著指定曲和自選曲，就是希望能夠拿到好成績。剛開始，還沒有意識到比賽的腳步正在快速到來，大家依舊嬉笑玩鬧；漸漸的，移地練習、多次加練、定位考試……等等紛至沓來，將說笑著的我們驚呆了，急忙提起琴弓，讓每日的練習成為習慣，讓感受到時光飛快的內心，稍稍平靜、安心。

整齊的樂聲，努力隨著音樂起舞，我們鎮定了下來，任由進步飛快地進展著，再怎麼厭煩，咬牙，還是回身去練琴，只為了對得起這麼多幕後支持，只為了看到學校師生讚賞的眼光，只為了讓母校感到驕傲，更為了自己心底深處的喜悅。

比賽的日子真的到來了。興奮的走出班級教室，在團練地下室用心的練習，午餐也吃不下幾口就忐忑地上了遊覽車。就算團練環境再簡陋，只要想起我們的努力，想起這屬於我們的最後一次比賽，除了心頭微酸，也升起了一種深埋在心底、平時沒有察覺的歸屬感。

離開了預備區，我們上了台。深吸一口清涼的冷氣，我準備好展現自己了。指揮棒一下，悠揚的樂聲響起，這是我們努力一年的成果。演出的音樂不能算是完美，還有一些強弱對比和清晰程度能夠再加強，但我們的音樂性和感情表現得很充足，當下大家都陶醉在其中。

走出比賽場，來到一片草地。天色已近黃昏，如釋重負的我們在草地上拍了許多照片。當照片拍下，一個初春傍晚的美好憧憬，被印在了回憶之中。

回台北的路上，我們得知了比賽成績。一下子為得到「特優」而高興，一下子又為第二名而悲傷。聽了第一名的演奏錄影，他們的確比我們多了強弱對比的整體性優點。但是，他們的獨奏拉得沒有我們好，也比較沒有音樂感情。所以雖然輸得有理，我卻不後悔，也覺得這是場美麗的演出。

比賽是緊張的，也是開心的。我不會忘記，在一個寒冷的冬天結束，蝶舞花開的春天時節，是我們參與總決賽的日子。

從台北到湖北

坐在飛機上，低頭看著夜幕來臨的台北大地，即將要降落的我，心中有萬千感慨……因為我是從爺爺的老家——湖北回來。

這是我第二次去湖北，但到達時仍為它秀麗的風景和一種難言的溫馨感傾倒。來之前的幾天，我一直不敢相信將要再次來到湖北。看著高速公路兩旁急速掠過卻整齊而秀美的田原風光，我不禁想到上次離去時，在飛機上哭得撕心裂肺的情景。但我又來了！這幾天，我的心情一直是興奮的，想念許久的湖北，我竟又踏上這土地！跟親戚吃飯時，簡直是一場「敬酒會」：不斷的被敬酒；我的手還一直被「姐姐」（大我三十歲）拉著；可愛的「姪孫女」（小我九歲）不停要我抱，湖北的人情味，真讓我感動呵！

還有那美麗的大自然以及人文風景，我也永生難忘。慕名已久的神農架林區，古風十足的荊州與襄陽，壯闊博大的三峽大壩，甚至路旁冰涼且解人煩憂的小溪……這些回憶，都是我珍藏著的，每當翻起時光的書，我的嘴角便露出會心的一笑。歡樂的瞬間是可以捕捉的，不管是晚上吃飯時大家的高談闊論，長途行車的大鬧玩笑，最讓我印象深刻的，是在前往機場的高速公路上，我考起了金庸武俠小說，難度漸漸升高，同車的長輩已經不敵紛紛敗下，但是兩位幫忙開車的同鄉大哥仍能應付自如，還可以開開玩笑呢！

歡樂的時光總是過得特別快，當我驚覺旅程將要結束，雖然每一天都很珍惜，卻還是惆悵滿懷。來時剛起飛，我發現了熟悉台北的美，心中不捨；去時又因離開有這麼多回憶的湖北，起飛時，不計形象哭了一陣又一陣。但即使不捨，還能再來，所以，以後的日日夜夜，我都要把握，珍惜它。回到台北，我還有許多事要做、要忙，所以湖北不強留我，反而無限關懷的說：「再來吧！我們還能再見！」在我淚眼模糊中，似乎看見了此行一切的人、事、物，在對我揮著手道別……

我怎麼吃

現代社會發達，連帶著飲食文化也非常進步。街上隨處可見各種小吃飲料，種類多元，令人目不暇給。但也因此，許多不健康的食品、觀念紛紛出籠，以各種面貌偽裝，人們往往因為單純的口舌之欲，把自己的健康搞差了。

至於我自己怎麼吃呢？

我的飲食觀念很簡單：好油、好鹽、多蔬菜、多喝水。

首先，就是要用好油、天然的調味料。因為用了不好的油、非天然的鹽，身體的負擔就會變重，健康每況愈下。其次，要吃適量的蔬菜，蔬菜含有纖維素，幫助人體排遺，不吃蔬菜容易便秘，便秘也會讓人不健康。

白開水也很重要，現在含糖飲料幾乎是沒有人不喜歡的，但它加了許多添加物和糖，其實根本是在喝糖水，損害健康極大。但是白開水完全無添加，不會造成身體負擔，人體中有百分之七十的含水量，它對身體的組成與代謝扮演重要角色。水，尤其是天然的礦泉水，它的味道清涼甘甜，當你細細品味，就會發現它的美好。俗話說：「如人飲水，冷暖自知。」這喝的水肯定不會是糖水的。

除了吃，也要動。經常運動，人體的代謝加強，同時也對心臟、肺臟大有裨益。運動也對醣類、脂肪代謝有著正面的影響，可以防治糖尿病、心血管等疾病。多運動，還可以提升健康體位與體適能，防止老化耶。

吃對的食物、時常運動，還必須真正同意這些觀點，持之以恆去遵守與實行，這樣，肯定是會健康又美麗的。

這也是我練的「天長地久不老常春功」。

柚子

生活中有許多大大小小的事物，隨著時間的流轉，也許就這樣過去了，也許被你把握、品嘗了，留下難忘的滋味。就像我在中秋節那天，品嘗到的，就是溫暖甘甜的好滋味。

中秋節那天，我和爸爸媽媽開車到坪林一帶的山區，那裡有許多野生的柚子，我們想去採摘。進山後才過不多久，幾棵柚子樹就呈現在面前。我將頭和手伸出車頂，用力拔柚子，它卻像長了鐵鑄的莖似的，硬是拔不下來。後來換了媽媽去拔，全力一拉，那棵倔強的柚子終於「咕咚」一聲，落了下來。沿路上，柚樹不斷出現，我也從剛開始的不大敢摘，到最後樂在其中。一顆顆綠色的野生天然柚子落下，我也樂得眉開眼笑。將柚子拿起來，沉甸甸的；在蒂頭一聞，橘香四散，果然是「色香俱全」呢！

離開山區的路上，我們又見到好幾棵柚子樹，亭亭如蓋，個頭又不高，樹上結實纍纍，一時就想要採採看。但看著樹上那許多柚子，黃了，熟了也沒有人想摘，興許不好吃？果然如此，難怪連人手可及的地方結的柚子，都多得不勝枚舉。整趟回程除了柚子樹，只要往稍遠處一望，就會目瞪口呆。層層疊疊的山巒彷如畫中，輕煙般的雲霧流淌在其中，形成一片雲海。想到我們只顧著摘柚子，實在太專心了，專心到連如斯美景近在眼前也沒有注意，那位說「不識廬山真面目，只緣身在此山中」的詩人，一定大有同感吧！

如今柚子我們已不再去摘，但我只要看到躺在桌上的那幾顆，就會想起那天柚子的清香甘甜，採摘時的辛苦，美麗的雲海山景，還有爸爸抱著我在高處採，明明很瘦了還是不肯放手，一定要讓我體會採柚快感那一刻的真情流露……啊，那一段甜蜜的回憶呀，儘管只是一件小事，卻帶給了我深深的感動，那種感動是恆久而深邃的呢。

心・思

我常常想，自己對人們情感的了解有多少。

心思簡單或純真的人，譬如我日常相處，一天要與他們待在一起十個多小時的那些人，還有眼前所見的孩子。他們單純可愛，意思是說，我能夠望見，或者「感應」到他們的內心情緒。他們任何稀奇古怪的舉動，我也就覺得有趣，僅此而已。不過有些和我年齡相仿的人，我看不懂——並不是說他們心機深沉或是怎麼的，而是我不懂他們的「運作模式」，而且他們的「社交模式」讓我不解……老實說，我並不討厭交際，習慣了，就沒感覺了。但我不喜歡互相攀關係，還有小女生之間的分分合合與小心眼。如果這些是社交的必然，而我需要天天面對的話，那我真的恨死社交了。同樣的，心思單純或率真的大人，我也會喜歡，因為這表示他們是不牽累於紅塵的——儘管可能不擅於言詞。當然，前提是，是那種富有哲思智慧的率真，而非蠢笨。

總而言之，我喜歡純真的孩子與大智若愚的大人，而這兩種人是我能看透的，至少一部分。

至於那些我看不懂的，有的是心思深沉，有的是懂得偽裝，有的是用面具掩蓋粗俗，有的根本連自己也看不懂。一看好像很複雜，其實往遠的一望，頓時覺得他們也不過如此——都有人的七情六欲，每一件好壞行為，都有背後的意義。我的「不懂」，就只在於他們的手段、心機、計謀，以及不能理解他們為什麼要耍心機、偽裝。不過不懂就是不懂，也許很多人會笑我「小孩子懂什麼，你一點也不懂我們」，但這就是我的感覺，至少有一定的合理性。這也不代表我都討厭這類人，就跟我也不全喜歡前面第二段所說的人，是一樣的。

不過有句話說：「關心則亂」，我對一般人已有一定的了解，大部分能做到心如止水，但是對於比較親近的人，就不一樣了。可能他一個動作，發出一下聲音，就會讓人有所臆測他的情緒，對他的這些動作產生情緒波動。有些事，明明你知道是這個道理，心中仍然要忍不住起波瀾；明明你懂得這些，還是會自己跳入陷阱。有些時候，你得要強迫自己相信荒謬的事，或是故意裝糊塗。有些話不能講，憋壞了也得隔一下再提。有些舊帳不能翻，儘管自己被冤也要維護一些人、事。現在我已漸漸學會，而這是不是向我看不懂的人靠近呢？

人，真的很難看懂啊，看來我的「懂」與「了解」，還是太表面了，應該往內心、心靈去探索。

不論年齡，每個人都比想像中還要深，就像一座湖，差別只在大小與濁清。

無論如何，我卻也不應小看自己，能想到此，已經是一個段落了。我所需要的，便是快快樂樂、踏踏實實的過好每一天，閒暇時，再來探索吧。

好。

重要的是，看清、看懂自己，了解自己的一切，讓眼中所見，皆是美好。

方圓之間

無論何種心情，只要我開始想像、改編，一切都變得美好。在這方圓之間，幸好有想像力陪伴，讓我從不孤單。

方圓之間

寫詩、作畫、思考、想像，隨手盡在我書桌上進行。雖沒有真正意義上的「在此讀書」，但我在此從事文藝，卻是差不遠了。

在這方圓，我能夠將自己當作拜倫、化作濟慈、變身席慕蓉，也可以華麗轉身作自己。我能夠漫筆趙孟頫、刻畫齊白石、揮灑八大山人——當然，若是那個運途多舛的徐渭，我只要他那生動的圖畫就夠了。

在這方圓，我能夠思索天地萬物的生命之歌，探討人的心理和行為是多麼難以暸解，敬仰宇宙自然的博大神祕……如果要什麼都不想地睡大頭覺——目前我還處於努力狀態。

最好的是，在這方圓，我能夠將書本中的故事用想像來改編、創新，將日常生活的所見所聞置入腦中，加以幻想，天馬行空。無論何種心情，只要我開始想像、改編，一切都變得美好。在這方圓之間，幸好有想像力陪伴，讓我從不孤單，這也是為什麼從小到大，我總是個校園中的獨行俠。

其實，方圓之間，就是我身周的那方圓之間，彷如一道溫潤卻堅韌的屏障，為知音開門，也歡迎傾聽者叩門……

給金庸

金庸爺爺，希望您在天上一切安好，您再也不會因為病痛而身陷囹圄。當我再次讀您的書時，我會帶著笑，讀出您筆下一片自由的天空。

給金庸

金庸爺爺，您故去已經一百零三天了，但我仍然有無限的遺憾，無限的話沒有說出來。您的武俠小說帶給了我極多的領悟、啟發，所以，如果您能夠聆聽，我想要對您說……

在我小學五年級時，邂逅了您的小說。那時，我一個人跟著樂團，到花束去作音樂交流。第一次獨自離家旅行，還惦念著因病不能成行的親人，心中自是無限惶恐，身邊只帶著一本《倚天屠龍記》，用以慰藉怯懦的心靈。

儘管是短短三天旅行，在我心中猶如三月；儘管有許多有趣的景點，仍有孤寂的時刻。是這本您的小說，陪伴我度過悲傷的哭泣，陪伴我度過一個人的旅行。悄悄的，金庸爺爺，您的小說，您筆下的人物，您筆下的悲喜，就這樣走進了我的心裡。我成為了您的讀者，忠實地拜讀您的大作。

讀著您的小說，我徜徉在您故事的大海裡，不知不覺間，一扇嶄新的大門豁然敞開在眼前……

從此，在夜裡，我將您的故事加以改編，改變結局，讓想像力任意翱翔。想像力蔓延過了現實的界限，我眼中的世界也變得更多采多姿。還有出題「考試」，您知道嗎？我不用看很多遍故事情節，就已深刻記住內容，以此去「考」朋友，包括大朋友、同輩朋友，還有長輩。都說「微笑」是世界共通的語言，您的小說，也是人們共通的語言，是小孩瘋狂的源頭，是大人溫馨的回憶。

二〇一八年十月卅日是個陰沉的夜晚，聽聞您仙去的消息，我既悲痛您的過世，又為您得享遐齡而欣慰。儘管是悲中帶喜，我的眼淚卻不停地流。我曾經夢想著，與您一同討論武俠，請您指教，沒想到竟成空……

金庸爺爺，希望您在天上一切安好，您再也不會因為病痛而身陷囹圄。當我再次讀您的書時，我會帶著笑，讀出您筆下一片自由的天空。

常玉散文

青・春・笔・記

刘常玉

文化生活叢書・少年文學家叢刊 1307A02

常玉散文 青・春・筆・記

作　　者　劉常玉
責任編輯　林以邠
封面設計　劉常玉、林靜茉

發 行 人　陳滿銘
總 經 理　梁錦興
總 編 輯　陳滿銘
副總編輯　張晏瑞
編 輯 所　萬卷樓圖書(股)公司
印　　刷　森藍印刷事業有限公司
發 行 所　萬卷樓圖書(股)公司

ISBN 978-986-478-298-7
2019 年 8 月初版一刷
定價：新臺幣 260 元

國家圖書館出版品預行編目資料

常玉散文：青春筆記 / 劉常玉作. -- 初版. -- 臺北市：萬卷樓, 2019.08
面；　公分. -- (文化生活叢書. 少年文學家叢刊；1307A02)
ISBN 978-986-478-298-7(平裝)
863.55　　108010478

简体字版序言

转瞬间，笔下一个个小小的方块，已经变成了篇篇让我读起来也不禁莞尔的文章。

从国小到国中，有开心、有悲伤、有愤怒、也有惊喜……这些学校和日常生活中的点点滴滴，由一个个小小的方块文字串起，留了下来，成为日后翻看时难忘的回忆。

除了写新诗，我也喜欢写散文。新诗是短暂情绪的抒发，内容常常带有韵感，读起来让人回味。散文却不一样：散文篇幅比较长，对于耐心不怎么好的我来说，是一件有点困难的事。不过当情绪浓烈的时候，写一首诗不解气，为了避免新诗爆出笔记本，散文真是一个好的纾压工具。

这么多篇散文中，储存了我各式各样的记忆，如今看过去，几乎每一篇都会读到笑出来……让我来说说几篇文章的背后故事：

譬如《小米》和《石雕绅士》好了，这两篇可不是初稿，是我凭记忆在事后写下来的，初稿早在打字之间就被意外给毁了！话说，当时是参加电脑作文比赛，我和另一位同学两台电脑共用一个电源线。不到三十分钟，我已经将近完成四分之三的进度，正悠哉自得；当时，那位同学抓头骚脑，苦思慢写，竟一时紧张，一脚踢开了电源插头。惨哉！我还没存档呢……这段背景故事，发生在国小时。每次看到这两篇作品，都会有一种

神秘的时光旅行感……对我来说，那会让我想起那段可爱的国小时光。不知道对读者来说，会有什么感受？

还有《我的改编世界》。《神鵰侠侣》是我最爱的金庸小说，早就读得滚瓜烂熟，因此还加以改编呢！只不过，这跟我全部改编故事的大千世界比起来，只算是沧海一粟呢！真的，熄灯后的午夜魔法时刻，就是任我恣意发挥的时间了。在那里，我想当谁就能当谁，能够随意改变别人的命运——这种感觉真棒！

此外，金庸笔下的各篇故事我也喜爱。也因此，当我听闻金庸爷爷仙逝时，才会如此难过。金庸爷爷，希望您还能继续写出动人大气的故事（:-P）——但是人物的走向如何，大概会是您无论如何也没办法掌握的吧，毕竟他们才是有生命的主角啊……

散文，是我用来跟大家分享自己和聊天的工具，希望大家都能像我一样，有几个管道去丢弃情绪、吸收新鲜空气，用最热忱的心去迎接美好的新世界！

目　录

小米

放学钟声响起，我用最快的速度收拾好书包，带着愉快的心情以及轻快的脚步回家。像往常一样，家里的机器人已经帮我准备好了晚餐，正当我想要用餐时，机器人突然大叫：“主人，不好了啊！”嗯？它昏倒了。我只好将它放在客厅，自己去抓药。

突然，我听到它的声音：“她去抓药了，我们可以趁机下手。”又听到另一个机器人的声音说：“她爸妈在上冥王星前给她的那笔钱呢？”“在房间的墙壁里。”“嗯，我们就先去房间偷钱，再去把她打昏，立刻就跑！”

我要气疯了，我向来待机器人很好，它竟如此待我！我立刻打电话报警，并录音、录影，使机器人们无可抵赖。

马上，处理外星生物的星际警察赶到，将机器人逮捕入狱。

“我叫小米，是个机器人，今年十一岁。我的主人是个小女孩，她的爸妈是第一批前往冥王星的乘客。太空公司为了奖赏他们，把我送给了他们，他们又把我送给了主人。主人对我很好，常给我吃机器人的粮食，钱。但是不够，我每天挨饿，又不敢说，怕伤了主人的心。有一天，来了一个机器人，叫阿华，他说他懂我的苦衷。他还说，只要我偷到主人的钱，就可以远走高飞，主人也就无能为力了。

我不想，可是不这样，我会饿死的，我只好将我的良心收回来，与他策划。

可是，主人很聪明，她发现后报了警，我们就被抓了。现在我的良心回来了，我对不起主人！“

我站在河边，想着过往的一切。小米自杀了，用它的良心。虽然它罪有应得，但我心里仍有无限的怅惘。

几年后，我长大了，有了一份工作，也有了钱，可惜不能拿来喂小米；再过几年，我已是公司的主管，有钱、有势，可惜小米看不见；时光再流，我已经有了孩子、孙子，可惜不能和小米分享。

某天夜里，我离开了，离开了这俗世，离开了这地球，到那未知的世界去，相信爸妈和小米，一定也在那里等我。

石雕绅士

在某国的某公园里，有几个石雕的绅士，它们穿着西装、打着领带，手上提着公事包，还撑着雨伞。它们面无表情、眼神空洞，但在这公园里，却有着和谐的气氛。这公园也很特别：干净的地面、翠绿的树，和午后阳光的温和。

没有人知道，它们是怎么来的；也没有人知道，它们为什么要来这里。

这里寂静无声、万籁具寂。也许你幸运，能听见一两只鸟儿停在树梢间，轻轻地叫着，牠们不敢大声，正如，牠们不敢停在石雕上一样。

还记得那则古老的故事吗？几个拥有极大智慧的土星人，在很久以前，披上了衣服，来到人间。但随着人性的发展，他们渐渐失望了，贪婪、仇恨慢慢充满了人的内脏，他们想要回去，但他们回不去了，只好选了一个与世无争的地方，静静地待着。

现在，已鲜少有人知道他们，但是公园里的树和鸟可都记得，因此，树不敢掉叶、枯黄，鸟儿也不敢大声，更不敢随地小便，尽管，这座公园没有管理员，也没有游客。

也许，石雕绅士们，怕天外飞来的一笔横祸，让人类文明显出危机，它们撑伞，试想帮人们挡住。石雕绅士们，你们是谁，为何要如此护着人类？

静静的，石雕绅士们，还会再待很久、很久，但是，相信千年、万年后，这里，还会是一样的干净、纯洁，等待着哪个有缘人，来发现。

诚实

诚实，对我来说是模糊的；诚实，对我来说是看不见、摸不着的；但诚实，对我来说也是正确的，是被封为金科玉律的。

小时候，不明白“诚实”和“坦然”，看到喜欢的东西就拿起来，考试不会就看别人的，但心里总好像缺了一块似的。长大后，已知道这样叫偷窃、作弊，是不对的行为。其实，真正使我明白，为何要诚实的原因，是在坦然面对后的问心无愧。

常常，老师及父母的问话，答案是于我不利的，我可以选择说谎，但也许是怕那个无所不知的“天”吧！我总会说实话。像是因为我“诚实可嘉”吧！之后的事总是不会受到谴责。

现在，我明白了，上天固然无所不知，但我真正怕的，是那个如明镜般的心，正因我自己做的事，自己知道。有良心的人，会害怕自己所做的坏事，受到传说中地狱、阴世等地的责罚。人的思想在脑，而是非的尺则在心，与其说是人在怕天，其实“人定胜天”这句话也不是我创的，还不如说是我们的脑在怕我们的心！

我不是一个不相信神及传说的人，但只要看清，要诚实的原因，世上走入歧途的人自然减少。有因必有果，对于内心的监督而不怕，那位心中的神，也会保佑我们的。

从开始到现在，我对诚实又了解不少，相信我将八方离去的那天，一定也会为这唯一能带走的东西感到高兴。

我是小白龙

我是一匹马，而且是一匹纯白、俊俏的滇马。我今年四岁，在云南大理的沙溪古镇载观光客游览古镇之美，这么一成不变的生活，让我感到厌烦，于是，我便会好好地注意游客，尝试着看透他们的心唷！

去年，也就是我三岁时，见到了一位不一样的客人。我记得很清楚，那是七月二十七日的事了：约莫下

午二点多时，一个跟随旅行团来的家庭走了过来。他们家先生付钱给我主人，让小女儿骑上了我。其实我每次看到大家付钱都很生气，我们马又不是可以用价钱在衡量的！小姐姐满害羞的，她骑了我到处逛，我趁停下来的时候，偏了头吃草，其实没有放弃观察她；到小河边上，我们合照了一张，倒换我害羞了！离开时，我看到小姐姐眼眶好红，恋恋不舍的承诺明年一定来看我，看来她回家后，都不会忘记我。

小姐姐一定会意念的魔法，因为她把我从古镇带回台湾，变成一只百货公司送的、本来就是羊的马布偶。真可笑，小姐姐为了羊或马，跟大家吵了好久（其实都是她在吵）呢！小姐姐姓刘，她不把我当玩具看（低人一等），她跟我是朋友关系（同等，对其他朋友——玩具，也是如此）！

小姐姐不仅了解我，也很公正！她对大家都一视同仁，即使一直叫某个玩具陪她写功课，也毫不偏袒。她从不吝惜道歉，在抱走其中一个玩具时都会跟大家及游戏房的众多朋友说："对不起啦，姐姐对你们一视同仁。"我知道自己善妒，但我只是需要别人关怀啊！姐姐因此总是多疼我一点，累得她也说了不少"对不起"，因此我更喜欢她了。

这篇文章，大家可不要以为是姐姐写的，它千真万确出自一匹马之蹄。小，年纪小也；白，余身之色也；而龙，乃有灵性之物也（文言文不好，还请见谅啊）。感谢主人和姐姐使我名副其实，"余才疏志大，望『小白龙』三字能够天下皆知，而竖拇指道声好！"

难忘老师——谢谢您

若说我小学六年的生活是一趟旅程，那么邱老师是起点、凌老师是转折点、陈老师则是结束的句点。而那些术科、学科的老师是路旁的小花和大树，点缀我的生活。

邱老师把我从幼稚园接上小学的轨道，她的身影便是我在学校的依赖，她的话声就是我一天的精神食粮，而她的怒气也是锻炼智慧（她不是在骂我，我没吵）的大大机会。谢谢您让我顺利“接轨”！

凌老师让我从一个羞涩的小女孩，转变成接近成熟的好学生。您是我的知己，亲到我都把小名在最后一天写信告诉您了！这份感激自是我在此刻想不出来能用什么言语表达的。谢谢您大大的改变我！

陈老师也是我的一个知己。您在五下和这学期（六上）给了我许多机会，例如：朗读及作文比赛、欢送六年级主持人、中午的小主播和班书的简报演讲。谢谢您让我表现，证明了我的能力，您是我的伯乐！

在小学旅程中，有好多老师教我做人的道理，有许多师长告诉我看人生的姿势。想到这里，我不禁热泪盈眶。也有很多相处时间短暂、现在也可能不认得我了的老师，例如曾老师、Jason老师、秦老师……等。还有一群让我一样感激的老师：低年级的舞蹈老师、英文老师、幼稚园陶土老师、陈老师。谢谢您们陪我走过一程！

有些老师教诲的日子过去的久了，渐渐忘记许多事，只记得她骂人，但我很喜欢她，是什么原因也说不出来。因为有您们，我才能有今天，六年了，当我离开的那一天，希望您们也能含着泪水，说着祝福，成为我对以后未来世界的后盾，让我想着从前的幸福毕业、上路，披荆斩棘，迈向康庄大道。谢谢全校老师的教导，大恩不言谢，我爱您！

我的特点感慨

每个人都有自己的特长，也有缺点。但可以像毕卡索“化腐朽为神奇”一样，也可以如“每个人都是只有一只翅膀的天使，必须拥抱才能飞翔”一般，截长补短。

我阅读了刊登在国语日报一位国三女学生的作文，写到对自己不如人的感慨，虽然最终有了开明的想法，但仍不满意自己的容貌。不满意自己的容貌，这也是全天下女人的心病啊！其实荧光屏的上明星大都是整型过的，她们为了赚钱，辛苦的打拚，可不是一般单纯的青少女可以想像的呢！

俗世中的众生皆会为皮囊色相而生心魔，这是无可避免的。但追求“最”美的容貌和“最”好的身材，有如水中捞月，看得见、摸不着。苦海无边，回头是岸，何必管那臭皮囊？只是也不必远离红尘，否则无慧根之人，终日与青灯古佛相伴，因枯燥而生事，毕竟只是出于意气罢了，甚为可笑也。

谢谢你“名言佳句”

- 爱因斯坦曾说：“想像力的力量比知识更巨大。”真的很对，我从小读各种类型的书，但晚上睡前编故事的习惯却总是改不掉。
- 也因此，我老是被一些怪力乱神的讯息所吸引，晚上睡不着觉。自从我开始到玫瑰楼上社会课，心却平静了许多，因为我看到女厕墙上有一句话：“许多烦恼是自己想出来的，其实并不存在。”
- 这天，我上了另一间厕所，墙上的话又让我更加坚定：“树的方向，由风决定；人的方向，自己决定。”风吹树，使树叶摇晃甚至倾倒，可我又不是树，为何要把人生交与别人？他人只能提供意见，不能控制你。你不想当个木偶吧！
- 我很早就认识了一句话：“微笑是全世界共通的语言。”我常为未来忧心，整天愁眉苦脸，不发一语，但那是过去時了。现在的我，依然安静，却会和同学互动，也快乐多了，推本溯源，这句话是大功臣。
- 有一款贴图，有知名人物的Q版大头照及有声名言，我很想拥有，却因使用条款而无法下载。于是，我不仅把内容写在纸上，也记在心里。里面，大家最为耳熟能详的是爱迪生的：“天才就是百分之九十九的努力和百分之一的天分”吧！天才、地才、人才、鬼才、奇才中，天才是聪明；地才是努

力；人才是一点小聪明和努力；鬼才是令人惊奇万分又捉摸不定其善与恶；奇才也是如此，但大多性情外冷内热，奇葩的人生令许多小人嫉妒，便故意为难，当事人涵养却很好，不会在意。

- 我不敢自比奇才，但表面看来孤僻的性格，和令人莫测高深的感觉却沾得上一点边。名言佳句使我在被他人说坏话时，心灵不受内伤；也谢谢这些从未谋面的古人朋友，给我温暖，陪伴我左右。

小小轻松话

- **关于领悟**　　当你生气而要净化心灵时，感觉是很痛苦的，好像很排斥那安慰你的声音之类的东西，但情绪却一点一滴地消失了，刚才让你难过的事都没什么。
- **每个人都很特别**　　从小到大，我听说了耶稣的许多事迹，虽然祂在故事中很伟大，但我觉得，祂应该是很爱小孩的，如果我见到祂，也许就像在和朋友说话一样，令人感动却又自在。关于耶稣，祂显現的事迹，是想让人们相信天主，但我还不懂，教义的伟大。也许更适合我的，是与祂一起探讨人生的意义吧。我最近常觉得就算人生多有钱、多幸福，死后，却什么也带不走，那还要这些，有何意义？我没见过耶稣，也有点遗憾。但耶稣的故事让我知道，每个人都很特别；在世时的幸福快乐，在过世后，一定会将他带往天国的。而缤纷且多采多

姿的人生，一定也少不了耶稣对我们的鼓励。我想通了：耶稣不在别的地方，祂一直都在我们心灵深处的地方，永远的，保佑人们。

- **助人不一定助己**　社会大众皆是一体，要互相合作，除非离开尘网，否则很难脱身。这个道理虽然对，于某些人却不大合用。比如在班上，有时，全班会被罚站大约三分钟。这时，我们就得反省自己为什么让老师教得那么的辛苦。一席话中，话匣子大开的同学们厚脸皮的承受了下来，一点也不在意。但我常常会被“重伤”，不是想哭就是一口气不顺畅，偏偏我又是最安静的一个。因此，我反对助人是助己的观点是从同学的角度来看：他们叫闹而我安静；他们不在乎而我受伤，如何能把脸皮厚得心安理得？这样没有心安理得的一体承受，也算是互相合作吗？这样的助人，不实在！大家都一起快乐是不可能的，只有你先快乐，再散发它的种子，让大家一起快乐，才是助人的真谛。真心反省、心安理得的收获，才是真助人、真快乐！
- **岁末出清，眼泪跳楼大拍卖@价格：一件往事／一升泪水**　不管如何还是思索甚多，回顾往事，多少眷恋、多少情绪激荡，一年后过了，多少已成为回忆。多少希望重来，多少抉择成熟得多，又有多少想死死留住，不要到下个开始。新的一年固好，旧的也不会丢掉，只要想，它永远正在发生，永远在欢笑。只不过岁末出清，一提起，还是尽了多情人的义务。#依然开心#那些事那些人#又一个慼叹

迎向未来吧！情绪也没了。

- **随机应变**　　生活中，有各种各样大大小小的事，其中，难免会有不顺心的情况。遇到这类事，总不可能一味逃避吧！就好比天气，有晴也有雨，有艳阳天也有阴天，就算它会妨碍你的心情，也不能叫老天永远放晴。农夫种稻，不只需要晴天耕作，也需要雨天，因为如果一直不出太阳，稻苗也被烤干了。台风在每年夏、秋两季来袭最多，一过境，便是招牌掉落、楼房倒塌（这当然是比较严重的状况了），淹水、土石流等天灾层出不穷，处处民不聊生。但若一整年都没有台风，夏天、秋天干得要命，恐怕中暑的机率又要大大提升，更别提树木花草和动物的惨状了。防备、随机应变、改进，这才是生活中最佳的道理。有了防灾包，就不怕急难；有了细心，就不怕犯错；有了心理建设，就不会怕外在环境的刺激。考试考不好，加油，努力念书，下次考更好。出去度假，碰到雨天，哎呀，忘了看气象预报，下次要记得看，欣赏雨景也有种朦胧、沉殿心情的美。

计较

我从来不认为自己是什么了不起的人物，但起码懂得一些与人相处之道，还自认有点心得，没想到套用在别人身上，却十分地不适用。

很多误会引发的情绪，很多玩笑挑起的旧帐，它们

渐渐教我有些话虽然是自己的肺腑之言，别无他意，别人听起来却另有一种意思，让你百口莫辩。听过越来越多愚蠢的事，我不得不接受，世人并不是皆性情温和、心灵充实的。世人是世俗的，就算有些人严以律己，宽以待人，也不是大家都能如此。就算公认比较好的人，也有让我不满的一面。但“高处不胜寒”，看一般人，自然会觉得他们很没程度，就算如此，也只得接受。

没有十全十美的人，所以如果你看到别人的某一面不及你，他也可能有很多面值得你尊敬、学习。要学会包容，因为自己也需要学习，不能嘲笑他人的缺点。反之，当你看到他人的缺点时，想想他的优点吧，这样可以避免多少的无数伤心争执啊！

人是分子组成的，任何事物皆是如此，没有永远不散这种事。珍惜、包容，也许就是这两个词吧，看看窗外白云蓝天，一切如此美好，一切如此美丽，自己不是救世主，但在某些人眼中你是最重要的！何苦，和不懂你的人计较呢？

我的改编世界

灯熄了，这代表了一天的结束；也代表着，改编世界的开始。

《神鵰侠侣》中的杨过，是个慷慨豪侠，重情重义的人。他守着雪地沉睡的洪七公三天三夜，苦候小龙女十六年，让黄蓉佩服道：“小则小郭襄，老则老顽童，人人都为他（杨过）倾倒。”

午夜的魔法时刻来临，我也以旁观者的角度，走进了那宋末元初的时代……

我的改编从故事的结尾开始……郭襄走进了一片树林，她一直找不到大哥哥杨过，正苦恼间，只听一个女子的声音说：“小妹子，你在做什么呢？”郭襄回头，喜叫：“梁姐姐！”

这位“梁姐姐！”在书中是没有的，她是我在改编中加进的一个人物，也算是我在“白日梦”里的分身，她叫梁晓凤。

梁晓凤是郭靖、杨康父亲拜把兄弟的女儿，虽年纪轻，却和杨过的伯伯郭靖是同辈。她生性豁达大度，不拘小节，因此虽叫郭靖“大哥”，却也叫杨过“杨大哥”。

只听她对郭襄（郭靖之女）说：“小妹子，我带你去找杨大哥。”“真的吗？好，那我们走吧！”

这件事的后续发展是：她们来到了一座城，故意将当地一件官场腐败、欺压良民的秘事传了出去，引来杨过与小龙女排解，趁机出现相叙。后来，他们在襄阳再次庆祝郭襄生日，完成了“等她二十岁再来祝贺”的诺言。

生活中的一切，我都可以改编，将它弄得天马行空，且只要合我的意，死了的人能复生，不相关的人可以成为好友，彼此共患难。

改编世界的美好，是虚幻且妙趣横生的，哪一天有空，你也来改编吧……啊，杨过又来叫我了，我再不过去，他又要怪我了……嘿，我来了！我们上次讲到

你……

一份汉堡全餐

各位听众朋友大家好，欢迎来到常玉的探索厨房，今天你心情如何？匆忙吗？是不是渴望享受一顿丰盛的午餐？像我这样年纪的人，最喜欢的食物无非是汉堡、薯条、鸡块，今天我们节目的来宾要介绍的就是这几种食品，但是当他分享自己奇特的经验时，大家可能会吓一跳喔！现在有请节目来宾，拥有五十年厨艺的美食家“小嫩鸡”……

（小嫩鸡） 主持人好，各位听众朋友大家好，听我的声音这么稚嫩，因为我是天山童姥的弟子，练了“天长地久不老常春功”，所以童颜鹤发、声音也是童音。我今天要讲的是一件亲自经历的事，这种等同于震撼教育的体验，无论是谁都不会想再有第二次。

啊？我听说你向来以胆大当招牌，去年六月还以观摩为名，潜入敌营，成功揭发想贿赂评审、混水摸鱼过关的美食选拔赛参赛者。怎么会害怕？

（小嫩鸡） 主持人你有所不知，要是你知道我报告的内容，说不定你会发抖哩！

好，多说无益，咱们便听听小嫩鸡女士的报告吧！

（小嫩鸡）　我点了一份汉堡全餐，结果不仅吃了两天才吃完，还拉肚子、跑医院。因为里面的成分有——

汉堡的成分是：猪肠子加上喂鱼吐司的碎屑做成的面包、鸡的呕吐物和牠的头冠磨碎而成的汉堡肉、荷花配上老鼠肉酱的青菜、莲子与蛋壳佐成的番茄，以及椰子叶加入黄色色素并糅成团的荷包蛋。

玉米浓汤的材料有固体的奶油、面粉、玉米和火腿，分别是猪奶加人奶、痱子粉和树脂、货真价实的玉米以及“百肉火腿”——人肉、羊肉、狗肉和一堆不知是什么的肉。还有液体的水和牛乳，水是给动物喝的水，而牛乳，跟火腿一样，是各种奶混合而成的“百奶牛乳”。

巧克力蛋糕是由发霉又长青苔的巧克力、痱子粉混树脂、加“百奶牛乳”做成的鲜奶油，以及白雪公主的毒苹果加奥罗拉的纺锤线、美人鱼的药水以及茉莉飞毯的流苏，加入红色色素的果酱。

令人垂涎三尺、食指大动的薯条这次可一点也不吸引人了，而且，里面的成分一听就不会想吃：它含有百分之四十的马铃薯，发霉并且透着铜臭，百分之十的黑胡椒、辣椒，其中黑胡椒占百分之四十，辣椒占百分之六十。还有百分之二十的洋葱、青椒、黄椒、罗勒和姜。甚至还有百分之三十的猫肉！的确是，那是“笑脸猫”肉！也不知老板是怎样弄到爱丽丝梦游仙境中的笑脸猫的肉。

哎呀，好噁心啊！

（小嫩鸡）　耶，还有呢……

沙拉可是全餐中最正常的菜，它是综合沙拉，也就是说，有番茄、青菜、玉米、紫甘蓝、苜蓿芽以及凯撒酱。番茄、青菜、玉米的成分已经解释过了，紫甘蓝是自然课会用到的石蕊试纸和红凤菜的叶子，及新研发的紫色BTB做成的，苜蓿芽的食材是莲蓬做的，最正常的是凯撒酱，只加了野莓酱而已。

吃到这里我已经饱了，还是看了接下来的菜，各位朋友，如果你正在吃饭，请务必関掉节目或停止吃，因为太—噁—心—了。

奶茶成分：奶茶是由牛乳、水和茶冲泡而成的，全餐里的茶是酥油茶，本来它不怎么讨厌，但和“百奶牛乳”，以及水和茶混合起来，能好喝到哪里去？！

那家店是一间很大的房子，所以我才进去买食物，本来以为食物那么多是因为有独特的调味料的原因。没想到……它有个很大的阴谋，那就是——它外观看起来很大、很整洁，事实上很小、很骯脏，那都是虚·拟·实·境搞的鬼。店主人是个黑心的商人，他借由这项最新科技“虚拟实境”，骗了大家的眼睛。

这种店在我们周围到处可见，那就是“自己”。人，表面堂皇、暗地里虚伪，而，我吃的超大份食物，就是“欲望”，它控制了人，使我们“总为浮云能蔽日”。

自主生活的最好方法，就是不躲避自己不好的一

面，重新检视、改进。相信很快就可以换回浪漫、精致的小菜。

哎呦！早知道就把节目时间改成下午三点，这样噁心的食物可是会让我头痛的！不过小嫩鸡女士，你把结尾比喻成人要学习的地方，非常值得省思！

（小嫩鸡） 必须得这样！不然这篇报告就是新闻稿了。但这也是我在写时想到的，可以勉励大家。但又怕太严肃，破坏了我们节目的诙谐搞笑，因此加了“总为浮云能蔽日”，幽默而不失意旨。

噢！原来小嫩鸡女士不仅分享经验，也给我们生活智慧，真是太感谢了！今天的节目就到这儿结束，谢谢小嫩鸡女士。我们下次见啰，掰掰！
（小嫩鸡） 谢谢主持人，再见！

给和平的一封信

亲爱的和平：

现在的你，我还真没有见过。小时候的无忧无虑我早已忘记，从上小学至此刻，几乎都在考试、比赛，课业压力愈来愈重，整天充斥着火药味。我心想，以后的国、高中、大学，甚至到了职场，都免不了较量。大家开开心心的那一天，何时到来？现在的生活，何时解脱？

以前的你，我早已耳熟能详：汉光武、民国初年都是。但往往得了你，一下子又像玩皮球似的，一溜烟跑掉了。你可以无所不在，却让大家捉摸不定；也能似乎没半点影子，又忽然降临。在西方世界里，也有这许多例子。

德国，一个发动世界大战的国家，在战争里遭到惨痛报应，之后，在大家的帮助下站了起来；法国，经历了大革命，却好好的存在至今；还有葡萄牙和西班牙，几百年前在海上称霸、互相竞争，但现在已过了风起云涌的盛期。这些欧洲国家有的静默无名，有的被恐怖组织侵害。但，战争和纷扰不会永远存在的，就算一波未平一波又起（这也是无法改变的现象），我们或许也只能利用“永远没有绝对的公正”的道理，偏袒敌对双方的某一方，达到止战的目的。因每人偏好的国家不同，会有一些摩擦，这也是没办法的事。

不仅是人类，动物也是，为了生存与权力领域的占有，经常上演格斗复仇占领等行为。人类也是，有些是短期且少量的搏斗，像江湖武林人在华山论剑彼此较量等；有些是长期且多量的厮杀，如改朝换代前的生死存亡血战等。人是猩猩演化而来的，猩猩具有较高智力了，却常常出现族群间暴力欺凌的情况；人类已经进化具有高等智力，但不要忘记我们仍和动物是一家的，看看猩猩的行为，想想人类自己，人类千万不可把战争与争胜作为目的，泯灭人情，“大义灭亲”啊，把正义变成了染血的刽子手。

和平，你要让人人心中都有彼此，爱你！有了你，

世界才能有短时间的太平。“但愿人长久，千里共婵娟”。

祝

人人敬畏

刘常玉　敬上

二〇一六年九月十一日

雨后自有彩虹

生物灭绝后，才有大量繁衍；事情解决后，才有甜美果实；辛苦工作后，才有加薪升迁；雨过后，才有美丽的彩虹。

人生注定不会平坦，真正成功的人是在坎坷上，走出路的平坦。就如遇到了难过的事、难为的事，那刹那仿佛天长地久，永远也不会过完，真想找个洞让自己钻进去。洞，是有的，但只是让你暂时休息，调整好高度、角度，再重新出发。也许画画、也许写诗、也许找人倾诉，也许放声大哭，那都是一种抒发方式，让你能用和以前一样自信的态度，去面对新的挑战。

大至亲人过世，小至摔坏一个精致的瓷杯；长至一整年都被嘲笑，短至解错一道题目羞恼的时间，只要它们使你心中不愉快，那就是个挑战。

你怎能容忍被它打败？你怎可当它的手下败将？你能看着它在面前耀武扬威吗？你愿意让它毁掉你的好心情吗？

跳脱，立定，重新出发。当你看到长满红枫银杏的

路时，一个里程碑已在你身后，而标示着成长的康庄大道，必将不远。

回憶钟表行——钟表匠

我仿佛一个精巧的钟，时光是喀喀转动的齿轮，上面的每一齿都是一年，它不停地运作，制造生命灿烂的花朵，创造新的每一刻，也绞下一片片破碎的回忆。

在那支离的时光碎片中，曾有欢乐且无数的童年，有简明却道理深奥的书籍，有快乐且情谊深长的国小生活，更有改变我生命的每一个大小事。但我将注定遗忘，只留下它们对我的影响。也许在某个深夜，我会对它们感到愧疚；也许在那个深夜，我会想到它们——可惜我想不起它们的名字。

每个人都是一个钟，有大的、也有小的；有精致的、也有粗疏的。但不管如何，齿轮一定会停，钟一定会坏，一定有一天，再也没有人知道你的名字，世上只会留存着你对他们的影响。这是一个循环吗？能够因此不要努力吗？

消逝的回忆不会死，它存在你的心中，持续发酵，让你享受甜美的果实。生命也是这般。也许有很多人、事，你与他擦身而过，或他的生命只占你生命的百分之一，只要你知道，记得，甚至只是享受他对你的影响、贡献，他也不会死。真的，生命是永恒长存的，我相信，当你谢谢电灯时，爱迪生正在对你微笑；当你对空称谢时，“所有”都会对你眨眼睛，一闪闪地，便如

星星。

朴实的爱

上周六，我回母校参加园游会。当我来到幼稚园设的摊位前时，看到很多老师都站在前面吆喝，与学生合照，只有一个老师蹲在最不起眼的角落整理礼品，她，就是我的幼稚园老师，陈玟伶老师。

记得我刚上幼稚园时，正值最彷徨的时候，是陈老师照顾我，让我不会害怕。我吃饭向来特别慢，但陈老师从来不会催我。在其他同学去刷牙时，她就在我旁边拖地，一面拖，一面和我聊天，告訴我慢慢来，聊着聊着，很快就吃完了。第三天上学时，我哭了，想回家，陈老师牵着我走，安慰我，尽管只是几张卫生纸，却让我安下了心。

要上小学时，听说饭一定要盛得满满的，我不禁害怕，但因为有陈老师，我不担心，因为一定会有人肯等我，等我吃完。直到六年级，我每年都会送她一份生日礼物，并且常常特地在放学后去看她。也许见得到，也许见不到，可能陈老师又去忙了。但只要见到了，她一定会暂时放下手边工作，问我：“最近还好吗？会不会压力很大？”我总是笑着说没有的事，好得很，然后看见她又转身去做手边的活儿。

这次，也是这样，她惊喜的站起身，问我：“还好吧？升上了国中有没有觉得压力很大？”我还是笑说适应得很好，又目送她再次蹲下。七年了，我长大了，老

师年纪也大了，但她仍是如此朴实，为了大家而付出，无怨无悔。就算她不会给我惊喜或花很长的时间陪早已毕业的我，但是陈老师：你照顾我、安慰我，关心隐在不言中，近十年，始终如一。

现在我升上了国中，吃饭可快可慢，悠闲自在，表现得十分平稳。这周六回母校，想到当时走过从幼稚园通到国小的天桥，因为有陈老师的呵护与温情而走得安稳。如今走下了天桥，走出彩虹门，迈向国中，回首凝望，似乎看见陈老师的身影，仍亲切的朝我挥着手……

从陌生出发

在举步迈向国中的那一刻，往事以一种从未有过的清晰掠过我心头。瞬间，我感到无比的怀念……

还记得国小六年，从未分班，我们一同嬉戏、一同学习、一同被骂、一同陶醉在管弦乐里。大家彼此熟悉，摩擦在所难免，但也因此，感情特别深厚。在毕业典礼后，同学、家长一一离开，从此便各奔东西，将回忆也带走了……

望着曾匆匆瞥过无数次的国中大门，心中感受，千變万化。当幼小的我仰望国小时，可曾想过，我会再次离开；而仰望另一所学校时，可曾想过，我会过着和以前完全不同的生活吗？我想，我也从未想到，有一天我会在午休时，偷偷擦拭着思念的泪水。上了国中，我进了知识殿堂，但日复一日的作息，竟陌生的让我彷徨。

是的，我早已适应，适应了班上只有我一个这样细

腻的学生，适应了与他们相处的方法，而且也相当的如鱼得水。但回忆不曾被抹灭，那段在学习之路上最美好的日子，将长存在我的笔记中、脑海中和心中。

钟响，我走向教室，书包虽是沉重的，我的心却是轻盈的。不管在哪里，是国中还是国小，环境是竞争的还是温暖的，我都能接受。登楼远眺，还是看得见国小。

微风轻轻的吹，阳光和煦，其实，国中也是一个不一样的人生体验，历练我的心志，考验我的适应度。“看开点！我总会在这里，活出一样美丽的生命之花！”在教室门口，我这样想着。

教室

每天，教室的里里外外，都蕴含了各种声音。对于下课甚少出教室门的我来说，教室中的形形色色，吵闹安静，都是我调剂心灵的观察。

下课，顽皮的同学们打打闹闹，大声聊天嘻笑。谈谈电动，讲讲八卦，评评生活，在忙碌学习后投注了活泼热情的青春活力。上课时又不同。讲台上老师的谆谆教诲，同学们“沙沙”地一刻不停埋头写笔记，一方面感动于老师的用心教导，又觉得要写下的太多，所以低声的聊天总是停不了。而这时，就会传出老师微愠的训话，同学低下头认错。还有考试时，教室弥漫着一股紧张的气氛，一片寂静之中，偶尔传来啾啾鸟鸣，唧唧虫叫，轰轰雷声，似乎也钻不进教室里，依然是那份沉

寂。那大概是教室中，最安静的时刻了吧。

病魔突然的到来，也像是给教室吵闹的学生们一记重槌。无论是A流、B流，教室内都是一片惨景。许多空着的位子，只留下一些同学在上课。不正常的氛围，使得大家噤若寒蝉，连安静，似也静得古怪。几天后，教室便空荡荡的。周遭班级奇怪着，“啊，停课！”这样的教室，这样静默的教室，这样悲伤的教室，没有声音，没有恐怖的尖叫，没有大声的聊天，也没有互相追逐嬉闹而引起的大笑……没有声音的教室，不好。

每日、每月、每个早晨、每个黄昏，这么多教室中的形形色色，吵闹安静，都是我调剂心灵的观察对象。它们带给我的感受是美好的，是热闹的；是调皮却天真的，是吵闹却欢乐的。我喜欢听教室里的声音，它们不仅丰富了我的感受，更丰富了我的生活。

杏坛外传

♦ 罚站

唉，今天又被罚站了。

罚站似乎是老师们共通的技艺，一吵闹——罚站，让学生安静听训或闭目反省一会儿。

立意虽是好的，但真正“反省”到的，却不是应该省思的人。

罚站，若是全班“同站”，被“罚”到的多半是没有做错事的人。譬如我这种“极度易碎玻璃”和“很纯

真”的人，如果在过去，还不熟悉时，就会非常受伤，一整天心情低落，反倒是替该反省的人“反省”了。这可不是说一句“没有讲话的人很抱歉”就能释怀的了。

幸好这种易碎玻璃早已不常见了，见到的只有千锤百炼。但是我在和大家一起被罚站时，还是难免心中嘀咕几句，可千万不要变成“李代桃僵”啊！

若是单独罚几个犯错的人，固然不会“枉杀无辜”，但是就和全班同罚站一样，他们不会真的乖乖反省（大部分的人，也就是故意捣蛋的），那要他们罚站又有什么用呢？脚是很酸的。

可是不罚站，就不会知道错了的严重性，至少有被罚，就有改过反省的一点机会。或许，该换些新式刑罚，而且要常常更换？这真是一件理不清的乱事。

不过话说回来，这也算是一种传承吧。哪怕有一天真改了，改刑罚后的老师也一定会叫起屈来——不公平啊！

♦ 口误

上课时，是不是偶尔会遇到这种状况：忽然想到老师讲错了什么地方，或是对课文有不同的想法呢？

也许很多人根本觉察不出来，或是一想到，就觉得一定是自己想错、记错了。

事实上，每个人都有可能在自己事业的领域讲错（一时口误），搞不好他根本没有注意到他想法的盲点，你提出问题，正好可以互相讨论。学生的义务除了认真听讲、努力学习外，还有勇于创新提出想法的责

任，这样我们的学习成果才会更好，才会培养更多有想法的人才。

有时候我们只顾着背解释、分字学习、死背公式，完全忘记瞧瞧文字之美、领略学习的神奇和作者的言外之意。这样就算学字、算术很熟，就是精熟、专业吗？

所以，在阅读学习上如果有什么特别的意见，我会讲出来，抑或是写下来，在心底为这个小想法而窃喜着……这也算是一种幸福吧。

♦ 归属感

在一个地方，与一些人待得久了，自然而然便会生出归属感，不管他们曾经多么让你失望。

一起经历的悲喜，始终是无常的：很可能昨天才愤怒于谁的犯错，今天又因为难得团结一致的气氛而温暖和感动，但或许明天却听到了什么波涛汹涌而无奈惆怅，但接着又发生了什么骚乱而哭笑不得，还笑到痉挛……得知所谓“屁孩行径”，会无言地摇头笑笑；赢了奖、做了露脸的事，会迫不及待地想让大家知道；风波骤来时，会小心翼翼不愿意贻笑大方……

就连如今我要说这叫“死要脸、记性差、内心情绪太丰富”时，也是心中禁不住摇头微笑着说的。归属感就是这样，毕竟一段缘分，是多么奇妙的事情！

虽然我外表几乎是“冷面人、没情绪”，但内心说“天天海啸、潮汐涨落”也不为过。归属感是件我心甘情愿接受的无可奈何，不论将来会发生多少事，这种归属感始终是我心中的乐土，一小块甜蜜的负荷。

我爱温文儒雅

温文儒雅，这个词我很喜爱，只因为它不仅是我最好的写照，也是我愿意去奉行的准则。

外表上的我，看起来是很温和的，不论外界发生什么事，我似乎都不会发怒、发火，如一池平静似镜子般的湖水。我一向文静，讲话从不会大声；这是表面上的我，但真实的我，更有趣、更复杂。我是个好的倾听者，别人的情绪，我接着；别人的困境，我帮忙。但我并不是不会有情绪的，只是我会去思考，跳出圈子，观看问题之所在，不贸然发怒。这是我的涵养、我的修为、我的儒雅。就如一池湖水，水下的波涛汹涌有只自知，旁人看到的，只是它的优美平和。

当我迷惘时，我便用心感受这四个字，体悟它带给我的：尘世的喧嚣，其實不必理会；世俗人们的斤斤计较、尔虞我诈，也大可跳过。虽然有时，我会感到孤独，但“儒雅”这两字告诉我，世间一花一草皆有其美，皆可以做我的朋友，大家都喜欢倾听的人，文静并不等于没有主见，或是对人害羞。若我强迫自己大声说话，大声叫喊，不仅失去了个人的特色，更会痛苦不堪。“温文儒雅”是我最好的写照，和它相伴，我是快乐的，我是自在的。而今，我正走在轨道上……

我爱温文儒雅。

音乐表演侧记

我是弦乐团的团员，经常到各地做音乐表演交流，到台东和偏乡原住民国中生音乐交流，到基隆和香港的弦乐团PK，格外有趣。其间的收获，经常不止于音乐上的……

（之一）还没见到新生、宾茂国中及公东高工的这些同学及他们的表演前，我不知道偏乡的孩子是多么努力，并热爱着他们的故乡。

在彩排时，我就已为他们认真的态度而感动。尤其是宾茂国中的VASA东排湾传统乐舞团，他们穿着传统服饰，唱着古老的民谣，其中“新娘的嫁衣”一曲令我印象深刻，母亲为女儿穿上嫁衣，依依不舍的情感，描绘得淋漓尽致。新生国中管乐团还表演流行歌曲TT，宾茂国中的四位女生和我们团里的两位女生一起在台前跳舞，台北与台东相处融洽呵！

我们去了小野柳、水往上流、都兰糖厂……等地。当我们解破水往上流的祕密时，仿佛赢了一场与大自然的比赛。在都兰糖厂看那些史前博物馆展示的漂流木艺术；在艺术村吃着独特的黑糖柠檬冰棒，我体会出了台东之美。

伯朗大道的蓝天白云，黄花绿树，偶有一棵翠绿茂盛的大树立在油菜花摇曳的水旱田之间。我们骑着车、吹着凉风，快门不停地按，真正爱上了这块土地。

当我们坐在回程的普悠玛上，眼看草地渐渐变成高

楼大厦，漆黑的夜空变得灯火通明，一下子还不大能习惯城市匆忙的步调。感谢台东给我一块在不间断的忙碌了一个学期之后，总算拥有的净土。

入夜后，台北的夜，梦里，公东和宾茂的歌和新生的曲音犹似在耳，美丽而成功的合作后，我再次期待着……

（之二）七月十四日，我们弦乐团参加了由香港和台湾交流的音乐节。我十分期待……

一早，我们出发前往基隆，上午彩排，下午表演，晚上则是香港几个学校表演以及全部参加学校大合奏。这一路上风尘仆仆，到了表演场地基隆文化中心，立刻要排练，急忙开琴，练完后在演艺厅外地上坐下，吃起便当。中午，耀眼夺目的阳光从碧波闪耀的基隆港穿透大片玻璃，射向穿着长袖长裤的我们。又热又累，没想到便当竟出奇的美味，暖了我们的心，让我们能全力以赴，用最佳的状态去表演。下午坐在舞台上，悠扬的乐声自我们手中的琴与弓响起，沉浸在音乐和那音符中，观众热烈的掌声肯定了我们，刹那间我好感动。

音乐节圆满结束！当我走出会场，漫步在基隆港边街上，脑中心中仍有合奏的佛罗伦斯，我们的庙埕的乐声在萦绕不已。一切竟是如此地简单！不用聊天厮混，用提琴乐音交流。老师的指挥棒，首席的琴弓，一首首动人乐曲，其中的用心，大家都听得到。

这是多么难忘的一天，以至于晚上九点半的疲累，一点也没有感受到。如此盛大，如此细微，如此精致，

如此单纯，回想着上台表演那时间，脑海中的乐音在微笑。

音乐比赛

寒冷的冬天结束，蝶舞花开的春天时节，是我们到宜兰参加学生音乐总决赛的日子。

为了这一天，我们准备了好久……从寒训开始，日复一日地努力练习着指定曲和自选曲，就是希望能够拿到好成绩。刚开始，还没有意识到比赛的脚步正在快速到来，大家依旧嬉笑玩闹；渐渐的，移地练习、多次加练、定位考试……等等纷至沓来，将说笑着的我们惊呆了，急忙提起琴弓，让每日的练习成为习惯，让感受到时光飞快的内心，稍稍平静、安心。

整齐的乐声，努力随着音乐起舞，我们镇定了下来，任由进步飞快地进展着，再怎么厌烦，咬牙，还是回身去练琴，只为了对得起这么多幕后支持，只为了看到学校师生赞赏的眼光，只为了让母校感到骄傲，更为了自己心底深处的喜悦。

比赛的日子真的到来了。兴奋的走出班级教室，在团练地下室用心的练习，午餐也吃不下几口就忐忑地上了游览车。就算团练环境再简陋，只要想起我们的努力，想起这属于我们的最后一次比赛，除了心头微酸，也升起了一种深埋在心底、平时没有察觉的归属感。

离开了预备区，我们上了台。深吸一口清凉的冷气，我准备好展现自己了。指挥棒一扬，悠扬的乐声

响起，这是我们努力一年的成果。演出的音乐不能算是完美，还有一些强弱对比和清晰程度能够再加强，但我们的音乐性和感情表现得很充足，当下大家都陶醉在其中。

走出比赛场，来到一片草地。天色已近黄昏，如释重负的我们在草地上拍了许多照片。当照片拍下，一个初春傍晚的美好憧憬，被烙印在了回忆之中。

回台北的路上，我们得知了比赛成绩。一下子为得到“特优”而高兴，一下子又为第二名而悲伤。听了第一名的演奏录影，他们的确比我们多了强弱对比的整体性优点。但是，他们的独奏拉得没有我们好，也比较没有音乐感情。所以虽然输得有理，我却不后悔，也觉得这是场美丽的演出。

比赛是紧张的，也是开心的。我不会忘记，在一个寒冷的冬天结束，蝶舞花开的春天时节，是我们参与总决赛的日子。

从台北到湖北

坐在飞机上，低头看着夜幕来临的台北大地，即将要降落的我，心中有万千感慨……因为我是从爷爷的老家——湖北回来。

这是我第二次去湖北，但到达时仍为它秀丽的风景和一种难言的温馨感倾倒。来之前的几天，我一直不敢相信将要再次来到湖北。看着高速公路两旁急速掠过却整齐而秀美的田原风光，我不禁想到上次离去时，在飞

机上哭得撕心裂肺的情景。但我又来了！这几天，我的心情一直是兴奋的，想念许久的湖北，我竟又踏上这土地！跟亲戚吃饭时，简直是一场“敬酒会”：不断的被敬酒；我的手还一直被“姐姐”（大我三十岁）拉着；可爱的“侄孙女”（小我九岁）不停地要我抱，湖北的人情味，真让我感动呵！

还有那美丽的大自然以及人文风景，我也永生难忘。慕名已久的神农架林区，古风十足的荆州与襄阳，壮阔博大的三峡大坝，甚至路旁冰凉且解人烦忧的小溪……这些回忆，都是我珍藏着的，每当翻起时光的书，我的嘴角便露出会心的一笑。欢乐的瞬间是可以捕捉的，不管是晚上吃饭时大家的高谈阔论，或是长途行车的大闹玩笑，最让我印象深刻的，是在前往机场的高速公路上，我考起了金庸武侠小说，难度渐渐升高，同车的长辈已经不敌纷纷败下，但是两位帮忙开车的同乡大哥仍能应付自如，还可以开开玩笑呢！

欢乐的时光总是过得特别快，当我惊觉旅程将要结束，虽然每一天都很珍惜，却还是惆怅满怀。来时刚起飞，我发现了熟悉台北的美，心中不舍；去时又因离开有这么多回忆的湖北，起飞时，不计形象哭了一阵又一阵。但即使不舍，还能再来，所以，以后的日日夜夜，我都要把握，珍惜它。回到台北，我还有许多事要做、要忙，所以湖北不强留我，反而无限关怀的说：“再来吧！我们还能再见！”在我泪眼模糊中，似乎看见了此行一切的人、事、物，在对我挥着手道别……

我怎么吃

现代社会发达，连带着饮食文化也非常进步。街上随处可见各种小吃饮料，种类多元，令人目不暇给。但也因此，许多不健康的食品、观念纷纷出笼，以各种面貌伪装，人们往往因为单纯的口舌之欲，把自己的健康搞差了。

至于我自己怎么吃呢？

我的饮食观念很简单：好油、好盐、多蔬菜、多喝水。

首先，就是要用好油、天然的调味料。因为用了不好的油、非天然的盐，身体的负担就会变重，健康每况愈下。其次，要吃适量的蔬菜，蔬菜含有纤维素，帮助人体排毒，不吃蔬菜容易便秘，便秘也会让人不健康。

白开水也很重要，现在含糖饮料几乎是没有人不喜欢的，但它加了许多添加物和糖，其实根本是在喝糖水，损害健康极大。但是白开水完全无添加，不会造成身体负担，人体中有百分之七十的含水量，它对身体的组成与代谢扮演了重要角色。水，尤其是天然的矿泉水，它的味道清凉甘甜，当你细细品味，就会发现它的美好。俗话说：“如人饮水，冷暖自知。”这喝的水肯定不会是糖水的。

除了吃，也要动。经常运动，人体的代谢加强，同时也对心脏、肺脏大有裨益。运动也对醣类、脂肪代谢有着正面的影响，可以防治糖尿病、心血管等疾病。多

运动，还可以提升健康体位与体适能，防止老化耶。

吃对的食物、时常运动，还必须真正同意这些观点，持之以恒去遵守与实行，这样，肯定是会健康又美丽的。

这也是我练的“天长地久不老常春功”。

柚子

生活中有许多大大小小的事物，随着时间的流转，也许就这样过去了，也许被你把握、品尝了，留下难忘的滋味。就像我在中秋节那天，品尝到的，就是温暖甘甜的好滋味。

中秋节那天，我和爸爸妈妈开车到坪林一带的山区，那里有许多野生的柚子，我们想去采摘。进山后才过没多久，几棵柚子树就呈现在面前。我将头和手伸出车顶，用力拔柚子，它却像长了铁铸的茎似的，硬是拔不下来。后来换了妈妈去拔，全力一拉，那棵倔强的柚子终于“咕咚”一声，落了下来。沿路上，柚树不断出现，我也从刚开始的不大敢摘，到最后乐在其中。一颗颗绿色的野生天然柚子落下，我也乐得眉开眼笑。将柚子拿起来，沉甸甸的；在蒂头一闻，橘香四散，果然是“色香具全”呢！

离开山区的路上，我们又见到好几棵柚子树，亭亭如盖，个头又不高，树上结实累累，一时就想要采采看。但看着树上那许多柚子，黄了，熟了也没有人想摘，兴许不好吃？果然如此，难怪连人手可及的地方结

的柚子，都多得不胜枚举。整趟回程除了柚子树，只要往稍远处一望，就会目瞪口呆。层层叠叠的山峦仿如画中，轻烟般的云雾流淌在其中，形成一片云海。想到我们只顾着摘柚子，实在太专心了，专心到连如斯美景近在眼前也没有注意，那位说“不识庐山真面目，只缘身在此山中”的诗人，一定大有同感吧！

如今柚子我们已不再去摘，但我只要看到躺在桌上的那几颗，就会想起那天柚子的清香甘甜，采摘时的辛苦，美丽的云海山景，还有爸爸抱着我往高处採，明明很酸了还是不肯放手，一定要让我体会采柚快感那一刻的真情流露……啊，那一段甜蜜的回忆呀，尽管只是一件小事，却带给了我深深的感动，那种感动是恒久而深邃的呢。

心・思

我常常想，自己对人们情感的了解有多少。

心思简单或纯真的人，譬如我日常相处，一天要与他们待在一起十个多小时的那些人，还有眼前所见的孩子。他们单纯可爱，意思是说，我能够望见，或者“感应”到他们的内心情绪。他们任何稀奇古怪的举动，我也就觉得有趣，仅此而已。不过有些和我年龄相仿的人，我看不懂——并不是说他们心机深沉或是怎么的，而是我不懂他们的“运作模式”，而且他们的“社交模式”让我不解……老实说，我并不讨厌交际，习惯了，就没感觉了。但我不喜欢互相攀关系，还有小女生之间

的分分合合与小心眼。如果这些是社交的必然，而我需要天天面对的话，那我真的恨死社交了。同样的，心思单纯或率真的大人，我也会喜欢，因为这表示他们是不牵累于红尘的——尽管可能不擅于言词。当然，前提是，是那种富有哲思智慧的率真，而非蠢笨。

总而言之，我喜欢纯真的孩子与大智若愚的大人，而这两种人是我能看透的，至少一部分。

至于那些我看不懂的，有的是心思深沉，有的是懂得伪装，有的是用面具掩盖粗俗，有的根本连自己也看不懂。一看好像很复杂，其实往远的一望，顿时觉得他们也不过如此——都有人的七情六欲，每一件好坏行为，都有背后的意义。我的「不懂」，就只在于他们的手段、心机、计谋，以及不能理解他们为什么要耍心机、伪装。不过不懂就是不懂，也许很多人会笑我“小孩子懂什么，你一点也不懂我们”，但这就是我的感觉，至少有一定的合理性。这也不代表我都讨厌这类人，就跟我也不全喜欢前面第二段所说的人，是一样的。

不过有句话说：“关心则乱”，我对一般人已有一定的了解，大部分能做到心如止水，但是对于比较亲近的人，就不一样了。可能他一个动作，发出一下声音，就会让人有所臆测他的情绪，对他的这些动作产生情绪波动。有些事，明明你知道是这个道理，心中仍然要忍不住起波澜；明明你懂得这些，还是会自己跳入陷阱。有些时候，你得要强迫自己相信荒谬的事，或是故意装糊涂。有些话不能讲，憋坏了也得隔一下再提。有些旧

帐不能翻，尽管自己被冤也要维护一些人、事。现在我已渐渐学会，而这是不是向我看不懂的人靠近呢？

人，真的很难看懂啊，看来我的“懂”与“了解”，还是太表面了，应该往内心、心灵去探索。

不论年龄，每个人都比想像中还要深，就像一座湖，差别只在大小与浊清。

无论如何，我却也不应小看自己，能想到此，已经是一个段落了。我所需要的，便是快快乐乐、踏踏实实的过好每一天，闲暇时，再来探索吧。

重要的是，看清、看懂自己，了解自己的一切，让眼中所见，皆是美好。

方圆之间

写诗、作画、思考、想像，随手尽在我书桌上进行。虽没有真正意义上的“在此读书”，但我在此从事文艺，却是差不远了。

在这方圆，我能够将自己当作拜伦、化作济慈、变身席慕蓉，也可以华丽转身作自己。我能够漫笔赵孟頫、刻画齐白石、挥洒八大山人——当然，若是那个运途多舛的徐渭，我只要他那生动的图画就够了。

在这方圆，我能够思索天地万物的生命之歌，探讨人的心理和行为是多么难以了解，敬仰宇宙自然的博大神秘……如果要什么都不想地睡大头觉——目前我还处于努力状态。

最好的是，在这方圆，我能够将书本中的故事用想

像来改编、创新，将日常生活的所见所闻置入脑中，加以幻想，天马行空。无论何种心情，只要我开始想像、改编，一切都变得美好。在这方圆之间，幸好有想像力陪伴，让我从不孤单，这也是为什么从小到大，我总是个校园中的独行侠。

其实，方圆之间，就是我周身的那方圆之间，仿如一道温润却坚韧的屏障，为知音开门，也欢迎倾听者叩门……

给金庸

金庸爷爷，您故去已经一百零三天了，但我仍然有无限的遗憾，无限的话没有说出来。您的武侠小说带给了我极多的领悟、启发，所以，如果您能够聆听，我想要对您说……

在我小学五年级时，邂逅了您的小说。那时，我一个人跟着乐团，到花东去作音乐交流。第一次独自离家旅行，还惦念着因病不能成行的亲人，心中自是无限惶恐，身边只带着一本《倚天屠龙记》，用以慰借怯懦的心灵。

尽管是短短三天旅行，在我心中犹如三月；尽管有许多有趣的景点，仍有孤寂的时刻。是这本您的小说，陪伴我度过悲伤的哭泣，陪伴我度过一个人的旅行。悄悄的，金庸爷爷，您的小说，您笔下的人物，您笔下的悲喜，就这样走进了我的心里。我成为了您的读者，忠实地拜读您的大作。

读着您的小说，我徜徉在您故事的大海里，不知不觉间，一扇崭新的大门豁然敞开在眼前……

从此，在夜里，我将您的故事加以改编，改变结局，让想像力任意翱翔。想像力蔓延过了现实的界限，我眼中的世界也变得更多采多姿。还有出题“考试”，您知道吗？我不用看很多遍故事情节，就已深刻记住内容，以此去“考”朋友，包括大朋友、同辈朋友，还有长辈。都说“微笑”是世界共通的语言，您的小说，也是人们共通的语言，是小孩疯狂的源头，是大人温馨的回忆。

二〇一八年十月卅日是个阴沉的夜晚，听闻您仙去的消息，我既悲痛您的过世，又为您得享遐龄而欣慰。尽管是悲中带喜，我的眼泪却不停地流。我曾经梦想着，与您一同讨论武侠，请您指教，没想到竟成空……

金庸爷爷，希望您在天上一切安好，您再也不会因为病痛而身陷囹圄。当我再次读您的书时，我会带着笑，读出您笔下一片自由的天空。

你的
散文